U0458873

LONGUE MARCHE IV
Suite et fin
Bernard Ollivier & Bénédicte Flatet

徒 步 丝 绸 之 路 IV
有 始 有 终

〔法〕贝尔纳·奥利维耶　〔法〕贝妮蒂克特·弗拉泰　著　朱艳亮　译

人民文学出版社
PEOPLE'S LITERATURE PUBLISHING HOUSE

著作权合同登记：图字 01-2023-1791 号

Bernard Ollivier & Bénédicte Flatet
LONGUE MARCHE IV: Suite et fin © Éditions Phébus, Paris, 2016
Published by arrangement with Éditions Phébus, through The Grayhawk
Agency, Ltd. Simplified Chinese translation copyright © 2023 by Shanghai
99 Readers' Culture Co., Ltd. All rights reserved.

图书在版编目（CIP）数据

徒步丝绸之路.Ⅳ,有始有终/ (法)贝尔纳·奥利维耶,(法) 贝妮蒂克特·弗拉泰著;
朱艳亮译. -- 北京：人民文学出版社, 2023（2025.2重印）
（远行译丛）
ISBN 978-7-02-018218-3

Ⅰ.①徒… Ⅱ.①贝… ②贝… ③朱… Ⅲ.①游记 –
作品集 – 法国 – 现代 Ⅳ.①I565.55

中国版本图书馆CIP数据核字(2023)第173368号

出 品 人　黄育海
责任编辑　朱卫净　　何炜宏
封面设计　汪佳诗

出版发行　**人民文学出版社**
社　　址　**北京市朝内大街166号**
邮政编码　**100705**

印　　制　**山东临沂新华印刷物流集团有限责任公司**
经　　销　**全国新华书店等**

字　　数　120千字
开　　本　890毫米×1240毫米　1/32
印　　张　6.5
版　　次　2023年10月北京第1版
印　　次　2025年2月第2次印刷

书　　号　978-7-02-018218-3
定　　价　49.00元

如有印装质量问题，请与本社图书销售中心调换。电话：010-65233595

目　录

序言：出发？

垂垂老矣，何时认命？认命一切。移动，行走，邂逅，梦想。何时起笑对时间流逝？何时是信赖自己身体的年龄界限？何时可以拥有那些有人称之为理性、有人称之为放弃的东西？二〇一二年那个美丽的春天之后，我经常问自己这些问题。

我和贝妮蒂克特吃完午饭，视线可以透过这间玻璃屋直接落到我种的正在绽放的樱花树上。步行是我们当时的话题，贝妮蒂克特突然问我：

"当你决定走丝绸之路的时候，为什么没有选择从法国出发，像你离开家向着孔波斯特拉出发那样？"

"什么意思？徒步一万二千公里对你来说还不够吗？在法国和伊斯坦布尔之间还要多加三千公里，顺便在子弹间穿越科索沃？"我一边开玩笑一边补充道，对我来说，丝绸之路首先是亚洲的。

但想了一会儿，我又说：

"我确实本可以从里昂出发的。这个城市曾经是十九世纪下半叶的世界丝绸之都……的确，丝绸之路的起点或者说终点在这里。"

我的同伴抬眼望向天空，摆出一副强烈反思的样子。

"为什么你不从里昂走到伊斯坦布尔从而画个满圆呢？"

我笑了。

"亲爱的，我已经七十五岁了，我是个老人了！二〇〇二年我到西安的时候，身体处于最佳状态。但十年后……"

"这将是一次多么美妙的旅行……而且你知道更美妙之处吗？我会和你一起出发。"

我们喝着咖啡，聊着别的事情。但虫子已在果肉中……我没有去消化小憩，而是走去站在一张欧洲大地图前，目光扫过我本可以走的路：阿尔卑斯山、意大利和巴尔干半岛，然后是欧洲部分的土耳其。千百个画面又浮现在我的记忆中，那些风景、那些面孔、那些穿越过的沙漠、时而袭来的恐惧、数不清的快乐、忘不了的相遇……我的午睡被毁了。

渐渐地，一个丝丝缕缕的梦渐渐渗入我的脑海。我可以看到大包小包的蚕从东亚、中亚和巴尔干半岛运到里昂；我可以听到织布机的梭子在响，我已越过边境。我被带走了，陶醉在旅程带来的历史、邂逅和美好的疲劳中。

但是，我怎么能撇开不谈衰老带给我的病痛？血液循环不畅、肾结石、出现问题苗头的前列腺、变差了的记性，更不用说——这会让觉得我天生好体质的人感到好笑——我的一双平足。还有几周前在我的颈动脉中发现的那个狭窄：一小团脂肪卡在动脉壁上，如果它脱落，肯定会引起中风，有死亡或部分瘫痪的危险。像是拉开了栓头的生物手榴弹。不，太晚了……若是十年前，为什么不呢？如今，尽管我每天早上都会散步或慢跑，然后再做伸展运动，但我可以看到，每一天，每一年，时光都在不知不觉中无情地侵蚀着我的力量。是时候收起旅游鞋、拿出拖鞋了。我该坐在沙发上，买一台所有退休人士的客厅必备的大平板电视。我已经到了"功成身退，把机会留给他人"的年龄。

然而，贝妮蒂克特播下的那颗小小的种子在继续发芽。到什么年龄我们必须接受死亡？就我而言，还没有完全准备好。在过去的十五年里，我的退休生活是活跃而又忙碌的。创办了"门槛协会"（Seuil），通过徒步治疗法帮助问题青少年①，十三年间写了大约十二本书……可以说，对于一个"退休"的人来说，我并没有闲着。

　　为什么要出发？问得好。但另一个问题是：为什么不呢？每一天都可以让我离永恒的休息更近，为何仍要借口疲倦？

　　我展开欧洲地图，巴尔干半岛既近又远。有些国家的人口总量还比不上法国的一个地区。它们是如此彼此交织，以至于在纸上形成了一个拼图。此外，在这些地区，历史、宗教和战争将过去两千年来的移民浪潮堆积成一个巨大的千层酥饼，"边界"一词又意味着什么？在展开的地图上，可以清楚地看到有三个欧洲，由尽管有周期性的危机但整体上繁荣的国家所组成的西欧；从爱沙尼亚到罗马尼亚，经济上正在崛起的前苏联前沿带；而第三个，可以概括为前南斯拉夫，一个拼凑的国家。这部分欧洲还在打着点滴，舔着伤口。铁托统一了这些文化对立、宗教不同的国家。凭着起初反抗纳粹和随后抵抗想要粉碎他的苏联所建立的威望，他保持了一个团结的表面。在他去世十年后，这个地区彻底瓦解了。

　　战争、"种族清洗"的恐怖、萨拉热窝以及戈拉日代围城、斯雷布雷尼察大屠杀，在重归墓地般的安静之前，曾经充斥了媒体的头条新闻。伤口看上去已经被缝合了。但是高烧是否降下来了呢？

----

　　① 原注：协会地址：31, rue Planchat-75020 Paris。网站：assoseuil.org。

答案很明确，尤其是在欧盟周围依然纷飞的战火。乌克兰、叙利亚、伊拉克、阿富汗、利比亚：暴力永不停息，死亡不断涌现。诚然，在丝绸之路上，沿着大篷车踏出的小径，和平从来就没有主宰过：为了征服的战争、游击战……我从伊斯坦布尔出发时，阿富汗正在打仗。土耳其人和库尔德人之间的地方冲突仍在继续。出于谨慎，我不得不绕道塔吉克斯坦。在科索沃，武器被收起来了，但能持续多久？

"在里昂与伊斯坦布尔之间的三千公里之间行走时，"内心的魔鬼对我呢喃道，"你可以亲眼看到这个人们几乎不再谈论的东方欧洲的现状。穆斯林、基督教徒、东正教徒和天主教徒经历了最严重的仇恨，那种邻居或堂兄弟间的仇恨，将如何重建那些殉道城市？黑手党、雷区、各种非法贩卖现在怎么样了？恐惧是否已将这些地方变成荒漠？那些摇摆于以上帝之名而不惜杀戮的军队和个人利益之间的男女们是否找回了信心？"我有问不完的问题。

我的脚痒了，迫不及待地想要上路。要和贝妮蒂克特一起走吗，像她建议的那样？我一直都是一个人走。有人提议一起走，但我坚定地保卫着享受在孤独中开辟道路的权利。徒步旅行让我感到愉悦，鞋子踩在地上或柏油路上的声音，鸟儿的歌声，动物受惊奔逃的仓促，甚至卡车的呼啸声，都是点睛之笔。行走就是思考。任何话语都剪不断思维之线。当我行走时，我走向世界，世界也来到我身边。没有比孤单徒步更能令沉默者在遇到另一人时变得健谈。无所谓文化、历史还是语言的差异。我们用手、用眼、用心说话。

我和贝妮蒂克特一起走过大约五百公里。在诺曼底、葡萄牙、比利牛斯山，在土耳其，在火药掌握话语权之前的叙利亚……我的同伴很会走，也知道如何尊重沉默。然而，在丝绸之路行走过程中所经历过的致命时刻，使我深知这种历险的危险性。在一些人眼里，欧洲人是金子缝出来的，一些黑手党以减轻我们的负担为己任。而对女性应有的尊重，也不是这些地区最通行的美德。为了我自己，我已准备好冒险，但为了她呢？

可是我为什么要剥夺贝妮蒂克特的这个梦想呢？她很坚实，困难的气候条件并没有让她退缩。而且天意如此，我们一见面，就发现多了一个让彼此欣喜的环节：我们身高一样，走路的节奏也一样。"第一次一起走在塞纳河畔，我发现我们的步伐完全一致时，我把手伸进了你的手中，因为我在那一分钟明白，你就是我在等待的那个男人。"有一天，她对我说。

好吧，我们上路吧。

从里昂到伊斯坦布尔的三千公里路程，至少需要四个月才能走完。我很忙，贝妮蒂克特也没有空闲。我们反复计划日程，决定将行程一分为二，横跨二〇一三年八月和九月的一个月时间，次年再花上三个月。不过在我的主要原则中加入了一个必须和一个嗜好：带上手机，贝妮蒂克特因为职业原因必须保持"联系"，而我则因为对电子邮件略有瘾头。

二〇一三年，我们将从里昂走到威尼斯，二〇一四年从威尼斯走到伊斯坦布尔。第一段约有九百公里，第二段有两千多公里。这条路线包括十几条国界。我们要做的就是收拾行李上路。这算是一次蜜月旅行，因为经过几年的共同生活，二〇一三年三月，我们决定"正式同居"，这让我们有了一个幸福的借口，在出发前召集所有的朋友好好庆祝一番。

　　总之，我对完成始于伊斯坦布尔、终于西安的"长征"并不遗憾。贝妮蒂克特提出的问题也是对的，这条丝绸之路缺少了一段。今天我们要走的路就是有始……有终。

第一部分

里昂—维罗纳

一 里昂丝织工人

二〇一三年八月二十日。贝妮蒂克特因为将和她心目中真正的冒险家男人东征而容光焕发。在我看来，一切都没有变。出发可能有点意味着死亡，但最重要的是意味着巨大的压力。每次徒步远行，紧张的心情得在走上几天后才有所缓解。在里昂佩拉什火车站，我们背着登山包，提着一个沉重的海员包，里面是小心翼翼叠着的陪我从撒马尔罕走到中国的小拖车——尤利西斯。

参观里昂的丝绸之家，对已算得上专家的我来说，有点失望，但我相信，对于在场的游客来说，一定是兴奋的。女讲解员滔滔不绝地讲述了丝绸的故事。没有任何遗漏，或者说几乎没有遗漏。尤其是没有忘记传说中的公主玩茧子时，把茧子丢进滚烫的茶水杯里，拉出一条千米长的线。皇室的发现。

因此，只有中国的皇帝和他的家人才有特权穿戴这种珍贵的衣料。将秘密带出帝国的人必被处死。两千年来，丝绸的秘密一直被很好地保护着，直到某一天，三个僧人把它透露给了西方。据说他们是用空心棒子走私蚕茧。另一个传说称，一位违心嫁给哈萨克族羊倌的中国公主，害怕被迫穿上粗糙的羊皮袄，就把蚕茧藏在自己的发髻里。但是现实没有那么浪漫。公元七五一年，中国在怛罗斯战役中三千名士兵被俘，他们被遣送到大马士革和巴格达。这些由从前的手艺人沦为奴隶的士兵开始制造纸张，而当纸张与印刷术和丝绸结合在一起时，就引发了最伟大的技术革命。

中亚就这样获得了蚕蛾的秘密。那只奇特的毛蝴蝶会产下细小的幼虫。它们大口大口地吃着桑叶，然后在等待蜕皮的过程中，用一根细细的线把自己缠住，直到形成一个壳。从大马士革到君士坦丁堡、意大利，最后到法国，丝绸将成为一个繁荣的产业。

弗朗索瓦一世看到每年有四五十万埃居① 黄金离开法国去意大利购买丝绸，觉得有些过分，于是把丝绸生产的特权交给了里昂城。作为丝绸生产第一人，意大利进口商人斯蒂法诺·图切蒂从故乡带来丝织工人，也使里昂成了第一个欢迎移民工人的城市。他们将成为这个城市财富的源泉。贵重的织物最早专供教皇宫廷。一五四一年，里昂城内有四十台丝织机，一五四八年，丝织高手达一千四百五十九人。两年后，一万二千人以丝绸生产或贸易为生。亨利四世在法国种了六万株桑树，在皇家花园杜伊勒里宫种了两万株。一六六〇年，里昂有三千名织工师傅，一万台织机。南特敕令的废除和新教徒的逃亡使这一数字下降到四千人，法国大革命时下降到两千人。但第一帝国和第二帝国赋予了这个城市神话般的繁荣。织机在拿破仑一世加冕时恢复到一万台，一八三〇年达三万台，一八四八年的六万台，一八七七年的十二万台。瑞士、普鲁士、撒克逊，尤其是英国，都参与其中。里昂在这一时期是时尚的中心，这也要归功于它为有设计天赋者所创办的学校，他们推出的款式得到了欧洲所有宫廷的推崇。

女讲解员没有提到丝织工人的叛乱，那些小老板和工人曾多次

---

① 埃居，法国古黄金货币单位。——译注（本书脚注除特别注明外，均为译者注）

起来反抗政府，维护自己的权益。一八三一年，约有六百人在对抗中死亡。丝织工在天鹅绒上用金字铭刻着："或活着工作，或死于战斗"。阿里斯蒂德·布吕恩特唱着"是我们，丝织工人，全身赤裸"，让这被公认为法国首次工人大革命深入人心。

如今，里昂的丝绸传奇所剩不多。提花织机发明后，因为比旧式手工织机生产效率高，减少了对劳动力的需求，导致丝织工人的失业；接踵而至的是蚕病；而人造丝，这一百姓丝绸的发明，则给丝绸业带来了致命的打击。如今，中国又重新获得了主导权。我们已经关闭了蚕桑苗圃，把桑树连根拔起种上了葡萄。在失业的丝织工人中，有一位著名的劳伦特·穆尔盖，他喜欢讲故事，创造了里昂最著名的木偶人物：吉尼奥尔，和他的同伙格纳冯。他让吉尼奥尔成为一个叛逆而又多嘴的角色，一个受辱者的代言人，一个像他一样的失业者的代言人，那些被生活所骗或生活被毁灭者的代言人。作为复仇，是吉尼奥尔耍棍子打了宪兵。

八月二十一日上午，我们与热情接待我们的米歇尔和乔治道别，到达位于里昂城外的"阿尔卑斯山脉之门"。我把尤利西斯从包里拿出来，组装好。我们一直把它背到了这里。作为公平的回报，它将载着我们的行李去伊斯坦布尔。最初上路的几天，走在小路上，两旁几乎都是前院开着鲜花但外表单调的别墅，百叶窗因为假期而紧闭着。店主们也都锁了门去寻找阳光和闲暇。很少有人回应我们大声的问候。我们被静静地盯着。人们对待游牧者始终抱有很强的戒备，而我们奇怪的装备更令人生疑。在《笑面人》中，维克多·雨果在提到流浪者的时候，说"一个路人可能是公敌"。在亚洲，我每天都与农村人打交道，我们之间存在所有的隔阂：语言、文化、宗教……然而，我处处都得到热情和巨大好奇心的款待。世界变了。昔日被隔绝在自己土地上的法国农民，对过往的人都很友善。但是他们已经被过惯了公寓生活的城里人所取代，这些人在城里工作，来这里只是寻找宁静。小镇生活并不能吸引他们。如今的法国，要和陌生人说话，必须要有人给你介绍。

拉韦皮利耶尔镇上唯一一家旅馆已经关门了。今晚得在一个沼泽的排水渠附近露营，被那里的蚊子俯冲攻击。除了在沙漠，我讨厌露营。我知道自己将要遭受不适、潮湿以及帐篷搭好后才发现的石头。贝妮蒂克特却很喜欢。清晨，在一条草径上，两名公路警察骑着他们功率强劲的摩托车，摇摇晃晃地赶来了，在这种情况下，他们不得不减慢速度。他们在追赶一名刚刚冲破路障并打伤了一名警察的摩托车司机。

布尔关—雅利厄——我的朋友弗罗伦斯非常喜欢的小城，昏昏欲睡。挤满了奢侈品商店的大街上，只有两三对年轻人手拉手，垂涎着流光溢彩的橱窗中那些"名牌"衣服。

人行道上一位坐着轮椅从反方向过来的妇女看到我们，笑着和我们打招呼。她举起拳头，像一个刚刚取得成绩的运动员那样，一拳一拳地挥动。我们以同样的方式回应。非机动车的兄弟会。

贝妮蒂克特突然内急，在一个十字路口停下，又走出二十米开外。当一辆车正好驶到我旁边的时候，她毫不客气地匆忙蹲下，旋即立马站起来。经常有人问我女人走远路是不是比男人更难？我的答案是：就撒尿而言，是的。

小路蜿蜒在陡峭的山丘上，有时我们不得不两个人一起把尤利西斯抬到山顶。正是在其中这样一座丘陵的制高点，阿尔卑斯山的虚线第一次出现在一道蔚蓝的光芒中。拉图尔迪潘和布尔关—雅利厄小城一样昏昏欲睡，也不逊色于拥有三家咖啡馆、一家杂货店和一家精品店的拉巴蒂-蒙特加斯孔：这座大镇子之所以出名，要归功于当地一位非常活跃的政治家热拉尔·尼库，他强力追随并崇拜皮埃尔·普雅德①。如今的拉巴蒂-蒙特加斯孔镇再次落入隐姓埋名的境地，就像它当年的英雄一样。

租给我们房间的民宿主人梦想成为飞行员。但是，他的一个耳膜在一次事故被震坏后，从军队退役。成为一家医药公司的高管后，他买了两台超轻机。退休后，他拿到了证书，可以开那架占据了整个院子的直升机。这是一台只能载一个人的小飞行器。我们被他的热情惊呆了，他在夸耀我们的尤利西斯。退休后实现多年工作时的梦想，是有福之人。

通向阿尔卑斯山的一路上有美丽的山谷和开满鲜花的小径。可这片刻的喜悦旋即就被一场暴风骤雨一扫而空。我们在变成湍流的马路上前行，鞋子里灌满了水。贝妮蒂克特走在我的前面，沉着地接受着天雨的洗礼，每打一次雷她都会跳起来。在诺瓦莱斯，唯一的旅店放假了。我们要在连续的阵雨下扎营。一位出游的女士对我们说，她本想让我们在她的车库里过夜……但她的女儿正在那里和朋友们庆祝二十岁生日。我们在一个没有农场主的农场里占据了它的大库棚。整夜，阵雨和冰雹噼里啪啦地打在铁皮屋顶上。

第二天，当我们上路去攀登莱皮讷山口时，一个长着娃娃脸的

---

① 法国 20 世纪 50 年代活跃的民粹政治人物。

金发女青年，穿着粉红色的睡袍，在家门口摆弄着手机，她回应我们的问候，问我们从哪里来。

"从里昂来的。"

"走路？你们要去哪里？"

"去威尼斯。"

"去威尼斯？走路？"

"是的，"我认真地说，"这是我们的蜜月。"

等她掐疼自己确定不是在做梦的时候，我们早已走出很远了。刚走了两公里，有一辆车追上我们，就在我们身边停了下来。金发美女从车上下来。她想给我们拍照，写文章，还问我们要邮箱地址……我们在斗篷下笑着，就玩一场游戏吧。我们后来没有见到照片。也许她终究还是不相信。然而，我们的确要去威尼斯，我们是选择徒步来进行新婚后的第一次爱情之旅；将所有的时间都奉献给彼此，对于相识至今一直各自忙忙碌碌的我们，可谓弥足珍贵。

在通往莱皮讷山口的上坡段，一条狭窄而曲折的道路上，一队老爷车从斜坡上呼啸而下。六十多岁的白发车手们，穿着运动服装，戴着皮革或摩托头盔、鲜黄油色的手套、深色的眼镜；人人全速行驶，都认为自己是 F1 车手。作为路霸，他们疾速转弯，同时冒着把我们撞成两段的危险。这只是旅途中的一个前奏，因为在我们选择徒步的一路上，我们都得和汽车争夺沥青路。走小道的话，那我们需要的就不是四个月，而是好几年。因为在法国之外，小路都是罕见的。远足是法国人的发明，可以追溯到大革命时期。一七八九年以后，国家没有经费维持法国数千教区的道路。于是，国家只负责国道养护，委托各省负责二级公路，各乡镇负责小路。每个社区都精心照顾自己的小路。在所有其他欧洲国家，小路被废弃或私有化，甚至被农民兼并从而获得了几亩耕地，而在法国，树篱被修剪，灌木被拔掉，坑洼被填平。这使得法国成为步行者的天堂，有路标且可供使用的小路达数千公里。

莱皮讷山口在近千米海拔的地方达到了顶点。随后长长的下坡路止于尚贝里——在八月这个星期天显得死气沉沉的镇子。我打电话给米歇尔·格尼尔。他是个热爱远足的退休教师，圣米歇尔之路协会的成员。这个协会由玛丽·保罗·拉贝创立，一位令人钦佩的妇女，我在从鲁昂到圣米歇尔山的朝圣之旅中遇到的。米歇尔·格尼尔和他的妻子米歇艾尔特别好客，为我们提供了食宿。米歇尔还准备了一系列二万五千分之一比例的地图，这将带领我们通过小路到达塞尼山 ①。为了避免我们有过多负载，他只选择了足够宽阔的小路，可以让尤利西斯的车轮找到自己的位置。早上，米歇尔把我们带回他迎接我们的地方，也就是"四无臀"所在地。这是一座巨大的雕塑，灵感来自"繁荣的殖民时代"，用四头印度象的前半部分来指示东南西北。由于没有动物的后半部分，尚贝里的居民就给雕像起了这个名字。米歇尔友好地为我们指出出城的路线。

秋天已经来了，早晨清凉，杨树和樱花树的叶子开始发黄、掉落。花儿们似乎在进行最后的抵抗。在进入准备就绪的长眠之前，它们在道路的边缘乍现，一片灿烂。卡鲁格池塘的露营地里充满着假期尾声那种苦乐参半的气氛。看护人说，上个星期的出租率是百

---

① 塞尼山（Mont-Cenis），位于法国与意大利接壤的边境。

分之八十五，今天是四分之一，下周营地就关门了。

进入博日山脉是一个神奇的时刻。挂满着一串串葡萄的长藤爬上了山坡。再过几周，拖车就会把成熟的葡萄运到酒窖里去。一股暖暖的味道从地底升起，增添了行走的幸福感。我试图忘记从第一天开始就一直伴随着我的腰痛，但我坚持相信，行走可以治愈一切，它很快就会消失。在山谷的另一边，靠近国道的地方，妓女们挑逗着司机们去那辆可怜巴巴的小面包车。在孤独地靠近主宰我们的山峰之前，这是"文明"的最后痕迹。

道路变得更加艰难。在某些特别陡峭的路段，尤利西斯不能通过，我们必须把行李背在背上。一个拉，另一个推着载着露营装备的小拖车，我们一起爬坡。我很佩服贝妮蒂克特，她表现出积极的情绪和有传染力的快乐，面对困难从不犹豫。爱吃的她，从包里拿出用她那游牧族的烹饪天赋准备的食物。她的忍耐力和好心情让我感动。我曾经偏爱孤独的旅行。而这次旅行则让我每天都爱她多一些。

在山谷中，你必须抬起鼻子才能看到树丛之外通向第一个真正困难的险峻小路：经塞尼山穿越阿尔卑斯山。

二　第一条边境线

在以农业为主的博日地区之后，这里是莫列讷的工业谷和铝厂。一条小路夹在铁路、国道和湍流之间。夏天刚刚过去，度假别墅里空无一人。在镇上，孩子们不再在街上玩耍。他们在书店里，在妈妈的注视下，专注于一个学年中最美好的时光：购买学习用品。在胡尔蒂耶湖，一位年轻的北非二代移民刚刚钓起又放生了一条重达三公斤半的鲤鱼。他是一个不杀生的渔民。当他钓到大鱼时，他会给鱼称重、拍照，然后放回水中。我问他是否希望钓到其他鱼。"我钓到了妈妈，我在找外婆。"这个安详的男人强调他不吃鱼。

从圣让-德-莫列讷这个自行车手的天堂，放射状的道路通向十几条山路，每个冠军都必须把它们记录在自己的征服清单上。海拔两千米的塞尼山口，据说是最容易的山口之一。当我们在露台上吃午饭的时候，美国、意大利和厄瓜多尔国家自行车队的汽车在旁边巡游。城市被红色圆点的白色骑衫装饰着，这是标志环法自行车赛最佳爬坡骑手的图案。

机械故障：阻止尤利西斯车轮偏滑的一根小钢丝断了。另一位北非二代移民提供给我一根绳子，并借给我必要的工具。发生在同一天的两次美丽邂逅，标志着旅行者与定居者的兄弟情谊。这是否是未来的吉兆？

在奥雷勒，除了两个老妇人，没有其他活着的灵魂。她们认为我们在去罗马的路上。她们兴奋地向我们讲述了与一位教士的简短讨论，记不清是本笃会还是奥拉托会，教士走在我们前头，在去锡耶纳的路上。营地已经空无一人了。因为没有管理人员，我把一张支票放在旅客中心的邮箱里。这是我的第一次自助营地。

在莫丹，在二十世纪两次欧洲杀戮事件的纪念碑前稍作停留。它永远见证的，不是战士的荣耀，而是"后人"的痛苦无奈。雕像是一位女性，挺拔的姿态代表了她的勇气。一滴用青铜铸成的永恒的眼泪，闪亮在她的眼皮上。

出了城，环绕莫列讷的GR5E①，有一个漂亮的名字叫"幸福之路"。诚然，小径奇迹已开始生效。漫步在随着霜降临近而脱胎换骨的花草、杉树、山毛榉、橡树之间，走着走着，一种灵魂的和平就沉淀下来了。在自家的小菜园里，人们忙着收回最后一茬蔬菜，移植冬季沙拉。但这个九月一日的小小幸福被一个小小不幸蒙上一层阴影，那就是尤利西斯的拉杆，因过度劳累而突然就断了。可是在乌兹别克斯坦，一位乐于助人的焊工从俄罗斯坦克上提取了一根管子，让它得到了加固。苏联的钢铁抗住了，它的旁边却断了。镇上唯一一家可以为我们的旅友焊接拉杆的修理厂已经关门了。乔纳森，从一家咖啡馆出来，从他的汽车后备厢里拿出一个钻孔机和一个神奇的钨丝钻头，用这些工具成功地进行了临时修理。乔纳森以做保险为生，也是一位大旅行家，他敢于用简单的排名来描述法国的居民。这里的人很好，旺代和汝拉的人也好。但巴斯克人……他

---

① GR 代表法国为远足者专设的路径，5E 是路径代号。

噘起嘴，“像科西嘉人一样”。

在海拔两千零八十三米的塞尼山口，第一个边界，第一张自拍。我们彼此相拥，给自己一种已经登上珠峰的错觉。每年的这个时候，高原都是美丽的：蓝色的铁蒺藜、风铃花，还有，人们说，共有八个品种的金银花装饰着一个大人工湖的岸边，湖水随着夜幕的降临而变暗。贝妮蒂克特建议我们用电话向唯一一家旅馆预订一个床位。“不行，”我自负地回答，“我是一个纯粹的人，喜欢真正的冒险。”“我们赌多少钱根本就订不到？”我的同伴讽刺道。因为有一群人已经走到了我们面前，客满了。在海拔两千多米的帐篷里过夜，并没有让刚才还在吹牛的“真正”的冒险家兴奋起来，天气凉飕飕的。神奇的是，经营本该关门的白岩客栈的夫妇当晚接受了旅馆管理员的要求，加了几个小时的班。接待热情，价格昂贵。我在这里还发现了有关这个充满历史感的边境地带的全部文献记录。

一八六六年，在英国工程师费尔的鼓动下，英国人创建了蒙塞尼铁路公司，从法国的兰斯勒堡到意大利的苏萨只需六个小时，而不是乘坐驿站马车所需要的十二个小时。这一时间的缩短将有利于连接伦敦和孟买的“印度干线”。在当时那个时代这样的工程是非常浩大的。火车头拉着六节车厢，其中一节一等车厢，两节二等车厢，两节三等车厢。第六节车厢装货。由于线路沿着悬崖峭壁运行，为了避免乘客产生眩晕感，小窗口被安置在高处。作为一种额外的预防措施，座椅面向内，乘客面对面，就像——伦敦地铁一样。

这片边境高原也是法国和它的跨岭邻居的对峙之地。一八八八年，受意大利一项倡议的启发，这里成立了一家专门研究山地环境的公司，名为"阿尔卑斯山猎人"。我还发现了一张老剧照，演员是被关在这个偏僻地方的无聊至极的大兵们。女仆的角色由一个留着小胡子的壮汉扮演。绝对好笑。

界线在战后发生了变动。和德国人结盟的意大利人曾建造了一个可以俯瞰法国的堡垒，我们在一九四五年进行了报复；从此，法国人将在高原的另一边控制意大利的领土。将军们总在为战争未雨绸缪。一位逗留于此的历史学家告诉我们，戴高乐将军想在一九四五年吞并奥斯塔山谷。他的要求合乎某种逻辑，因为那里大部分人讲的是法语。但被美国人和英国人否决了。一九六二年至一九六九年期间，塞尼山再次迎来了重大工程，建造了以其名字命名的大坝，并建立了一个巨大的人工湖和一个大功率的水电站。充足而廉价的电力吸引了耗能巨大的制铝工厂前来落户。

九月二日上午，我们走的是"方济杰纳路"路线的一部分，这是为前往罗马的朝圣者开辟的。路线上有"tau"的标志。它是圣方济各的十字架。它没有上半部分，像一个衣架，上面有一只鸽子。在十字路口，我们就顺着鸟喙的方向倾斜。沿着小路向奥斯塔山谷方向下坡，坡度陡峭，石块众多。我们背着行李，当斜坡把我拖得太快的时候，贝妮蒂克特用一根绳子拎住尤利西斯。我们比以往任何时候都更像一个团队，我喜欢这样。在一块大石头上晒着太阳野餐，摘一堆野树莓当作甜点。

在村子里狭窄的街道上，小老太太们穿着黑色的衣服在阳光下取暖，重温着自己的青春。贝妮蒂克特比我更注重这些服装细节，她提醒我，大多数女性都超过五十岁，穿着宽大的衬衣或深色连衣裙，她们的帆布鞋或皮鞋都没有鞋跟。而男人则指手画脚，大声说话。他们中的一些人说的是奥斯塔山谷方言，这是一套书面形式富含反调音的方言。在山谷中，每五个人中就有一个人继续用这土话来表达自己。布鲁诺法语说得很好，他解释说，他在学校选择我们的语言是因为有家人在法国。他曾在法国西南部旅行，黑山地区和莱西尼昂-科比埃地区给他留下了深刻的印象，在那里他享受着森林和葡萄酒。这一点从他的酒糟鼻肤色的确是可以证实的。

奥斯塔山谷地区一直以来都有强烈的自治愿望。今天，到处是呼吁"取消高铁"的横幅。没有一个地方、一个门面、一个阳台没有这个口号。整个山谷奋起用意大利和法语与高铁对峙。这是连接里昂和都灵的高速列车。反对者很快发现高速除了快，最重要的是成本很高，两百亿欧元一小时，每分钟的成本很高。该项目浩大，隧道全长五十七公里。团结齐心的山谷人正竭尽全力地拖延工程：占领工地、示威、游行接踵而至。这些喜欢沉默与缓慢的山里人的反抗情绪是可以理解的。一个露营村被年轻的抗议者占领，他们在大横幅上画着口号，无疑是在准备接下来的行动。再往前走，一间木头搭的建筑准确地占据了铁路线要经过的位置。它建于二〇〇五年，被亲高铁派烧毁又立即被重建。卢恰诺（九十二岁）、托马利诺（七十六岁）、皮耶拉（七十七岁）和维琴佐（八十岁）仍在坚守。这四位老人和他们的朋友在这里夜以继日，一年四季轮流值班。小屋里有一个炉子，为下一个冬天加热咖啡和餐盒。剪报见证了他们的斗争；信件证明了与反对法国荒地圣母镇机场项目的"新环保斗士"的连续通信。才华横溢的作家埃里·德·卢卡呼吁"破坏"工地，被铁路公司告到了法院。但他并不在意，他回答"破坏和损毁行为是否合法"的公式是:"有必要让人们清楚地认识到高铁是一个有害的、无用的工地"。这名抗议作家面临八个月的监禁,他曾警告说,如果被定罪,不会上诉,他将服满刑期。二〇一五年十月十九日,法院将其释放。

在苏瑟,"方济各之家"的方济各会成员在一块牌子上表示他们欢迎"朝圣者和非朝圣者"。事实上,这种地方让像我们这种不信教的人和一个匍匐在基督木像前的女人同样感觉舒服。没有祈祷的晚餐,让美食家贝妮蒂克特陶醉其中,因为菜品多而美味。早餐时发馊的黄油让我们的旅店主人丢掉了服务满分。一路上,我们养成了午休前野餐的习惯,躲在拱形树荫下。我们可以享受莫扎里拉奶酪、牛肉香肠和番茄的胜利三重奏。

在每个镇子或小村庄,习惯上都会把讣告贴在牌子上,通常还会有死者的照片。小老头老太一边遛狗一边查阅这份殡葬公报。在奥斯塔谷,人们寿命不短,死者的年龄很少低于七十五岁,除了那位十七岁的漂亮女孩西尔维娅。

三 征战意大利

　　圣米歇尔修道院坐落在一座山峰的顶端，因其规模令人印象深刻而经常与法国的圣米歇尔山相提并论，也因为这座修道院同样被刀劈魔鬼的至尊天使保护着。被遗忘了一段时间后，僧侣们在十九世纪回到了修道院。据传，翁贝托·埃科写《玫瑰之名》的灵感来自这个地方。这座建筑——到达那里需要一个半小时——是一种威胁还是保护，取决于你是在它的里面还是在外面。修道院是如此的气势磅礴，以至于走了三天之后，我们仍然可以在地平线上看出它的高大轮廓。

　　交通越来越密集。我们如何继续前行？如果说法国是步行者的天堂，那么意大利，不朽的福斯托·科皮的国家，则是自行车手的国度。在这里，环城赛和环法赛是今年的两大主题。因为这个国家没有 GR，借路自行车道的想法显得很诱人，可这是不可能的，因为环路形成了圈子，以避免行人两次看到相同的道路。我们现在要做的就是走在国道上。

　　对贝妮蒂克特来说，这是个可怕的第一次。我对高速公路却没有同样的厌恶感。在丝绸之路上我就经常这样走。我就是活生生的证明，走在车来车往大路上的行人照样可以活到合理的寿命。否则，我早已经死了十五年了。不过，必须承认，德黑兰和西安之间的交通是另一回事。更何况意大利人开车速度快，每三个中就有一个的耳朵上粘着电话。我向贝妮蒂克特介绍生存的大法则：永远靠左走，逆着车流走，这样你能看到卡车，卡车也能看到你。在路上，在几公里的路程中，为数不少的小祭台见证了车祸导致的残酷死亡。受害者大多是年轻人。机械怪兽更喜欢吃鲜肉。

而我们就在这车流中，她在前面，我在后面拉着尤利西斯。我们特意向北转弯，避开都灵，这座大型工商业城市对步行者来说是一大障碍。在一个村子里，我们和一群快乐的年轻人聊得很开心，他们舒舒服服地坐在露台上侃大山。他们为我们的计划感到惊讶。我们向他们打听哪儿有住宿。我们累了，最近的旅馆还得走上三公里多。一个年轻人站起来，宣布他去向神甫借宿。他回来的时候很尴尬。那圣人问道：

"他们要去罗马吗？"

"不，去威尼斯。"

"那么，不，我不想接待。"

踏上意大利的国土，也就进入了编年史。在我们的地图上，有一些熟悉的名字：洛迪、卡斯蒂利亚内、阿科勒、里沃利、巴萨诺、维罗纳……我疯狂地想把自己的脚安放在那些去寻找荣耀、财富或者天堂里一个小角落的人走过的地方。那些想要到达天堂的朝圣者，那些在亚洲沙漠中起伏的长长的大篷车，这些图像带着我到了孔波斯特拉，然后是西安。在这里，我们的旅程将追随拿破仑大军的脚步。历史学家认为，拿破仑大军的优势主要是由于步兵们面向战场和死亡的速度和热情。如果说法国人是在从奥匈帝国的占领下解放了意大利人，他们却并非到处受到欢迎。维罗纳复活节期间，民众对法国人进行了血腥的反抗；为了给士兵们报仇，波拿马将总督赶出威尼斯，并追究其责任。法国士兵放火烧毁了那艘巨大的船——保皇派共和党人每年都会从这船上往海里扔一枚金戒指，以庆祝城市与大海的结合。法国兵就想把船上富丽堂皇的黄金全部收回来。

在十字路口发生了一个小插曲。在一辆停着的汽车旁边，一位老人坐在轮椅上，脸上有划痕。他正看着一位老妇人，他的妻子，在一大片荆棘中搜寻什么。她解释说，她的丈夫迫切想解决内急，失去了平衡栽到地上，头倒在灌木丛中，把眼镜弄丢了。她找不到。眼尖的贝妮蒂克特找到了。我们走了，伴随着一千句意大利语的谢谢。

渐渐地，我们进入了游牧状态。初期的紧张情绪——害怕体力不支和两人同行——已经缓解。Tutto va bene（意大利语：一切正常）。穿越阿尔卑斯山时的耽搁，使我确定我们不能按时到达威尼斯。但我们为什么非要跑到威尼斯去呢？明年我们只要将从现在的终点重新开始。路途难道不是比目标更重要吗？

而这条路是愉快的。我们在餐厅外清凉的树荫下，享受着简单而美味的午餐。贝妮蒂克特重复说，每一家路边小餐馆都可以用来参考学习，特别是速冻与微波炉的烹饪艺术。一瓶淡酒过后，发沉的双腿带着我们来到一片草坪边缘，或者是阴凉处的公共长椅上，进行午休小憩。我们的地图总是不够精确，尤其是外省的概念在这里真的是外省。在皮埃蒙特，他们不卖伦巴第的地图，反之亦然。

冒着迷路的危险品尝一点儿宁静，我们进入了一望无际的稻田。贝妮蒂克特从未见过稻穗。我，在亚洲已仰慕过它，很乐意展示我的科学知识——微不足道地在我的伴侣前逞能，她比我更懂植物学——在与运河接壤的大空地上，浊水停滞不前，蚊子蜂拥而至，又被无数只青蛙吞噬，而青蛙又是数百只苍鹭和白鹭的猎物。没有人类的灵魂。狂野的西部气氛。

那些无边的农场（或农家），差不多有一个镇子那么大。每户都有一个教堂或小礼拜堂。只有主人的屋子稍加维护，其余的都有成为废墟的危险。我想起了那部非同寻常的电影《粒粒皆辛苦》和片中美艳动人的西尔瓦娜·曼加诺，电影见证了在并不久远的过去，农场主曾经从南方带回几百名妇女来插秧。原始的写实主义，女人们的大腿被淹没在水中的装束，人物身上散发出的暴力，曾在一定程度上刺激了五十年代的法国观众，接受了意大利电影。手工插秧的时代如今已不复返，大宿舍的瓦片都飞走了，农场主们只有在机械收割的时候才会闪电般出现一次。

我们很快迷失了方向。这儿或那儿，一只狗在溜达。要想找到一个人类来带我们离开这迷宫般的运河和被尤利西斯的轮胎所讨厌的碎石路，根本没有希望。我正在抱怨贝妮蒂克特和她的牧歌情怀，这时我们的救命恩人在尘云中出现了：一个开着老式白色菲亚特轿车的神甫。赞美主！一座教堂的吊钟出现在我们的视线里，我们走出稻田，来到了诺瓦拉。

这不是一座旅游城市。这个周一早上，所有的窗帘都放下了。无数的监控摄像头只记录下稀少的几个路人。贝妮蒂克特收到了一条信息，内容有关暑假后的一个话剧演出，她因此需要找到一台电脑。网吧已经从我们的城市中消失，智能手机的广泛使用使其变得毫无用处。我们从一条街被带到另一条街，直到被送到市政厅，人们说，我们在那里可以找到幸福。一位迷人的少妇接待了我们，打了一个电话，她的脸上露出了灿烂的笑容，同时，她竖起大拇指，示意我们问题解决了。我们的快乐是短暂的，因为她随后解释了以下程序。

a）在隔壁的办公室提出书面申请，要求允许使用技术中心的计算机。为此，我们先得回到等候室耐心等待……

b）拿着文件，到城市另一端的技术中心去确认可行性。

c）如果技术中心认为可以接受这个要求，就回到市政厅，请一位工作人员给予批准，预先收取设备租赁费。

d）拿着收据，回到技术中心查看邮件……

最后，我们在一个讲法语的摩洛哥人家里发现了十几台电脑，他对自己在火车站附近生意的低成功率明显感到绝望。再后来，我们路过一家商店，我们认出这就是技术中心：一长串顿足的游客等着被两个超负荷工作的员工接待。卡夫卡式的荒诞……

四　纳维格里奥大运河

　　在诺瓦拉，我们又开始了寻找准确公路地图的征战。徒劳无获。一个年轻而友好的书商建议我们沿着纳维格里奥大运河走，它始建于十二世纪。当初有两个目的：将水引入米兰，但最重要的是运送建造大教堂所需的大理石大石块，就像在卢瓦尔河上，圣代港的建立是为了给香波尔堡运输石头一样。我们的救命恩人说，运河会把我们直接带到大教堂前的广场。还有什么比这更好的呢？我们满心欢喜地想到可以走上两天，地平线上没有一辆汽车。可是，上路以后，一直走到了新桥镇，一路上都是车水马龙。这又是一座在拿破仑传奇中数一数二的桥。一八五九年，越过阿尔卑斯山的拿破仑三世想在马真塔与奥匈军队对峙。他希望能穿过横跨纳维格里奥大河的三座桥。防守的敌人，由于时间不够，只毁掉其中的两座。法国与撒丁联军越过了唯一剩下的桥——新桥，向胜利进发。

　　站在这著名的桥上，我们怀着柔情注视着运河。左边有一条小路，我们拉着尤利西斯走到水边开始野餐。远离喧嚣，在跟着水流行进之前，小憩一会儿是必要的。几个骑自行车的人懒洋洋地踩着踏板；慢跑的人用微笑回答我们的意大利语问候。人们拦住我们的脚步，打听我们从哪里来，要到哪里去，记下作为时代标志的——我们的电子邮箱地址。道路有一小段柏油路，尤利西斯走在上面毫无阻力；另一段路，我们脚下则是柔软的草地。左右两边都竖立着豪华的住宅，大部分都空着，见证着过去的辉煌。

　　天渐渐黑了，一位农夫建议我们在附近的一个提供"农家乐"的农场过夜。这样的农家接待形式，我们日后还将享受多次。因为走错了一段路，令已经疲惫的双腿不堪忍受，但当我们走了四十五公里终于到了拉蒂西亚家时，一切不快都抛到了脑后。她的马厩里，有五百头奶牛和小牛。她毕业于索邦大学法语专业，五年之后成了——瑜伽老师。出租的公寓装修简洁，品位不俗。拉蒂西亚·蒙蒂是一个敏感、健谈的女人，她会在饭前打断自己一秒钟祈祷。我们详细询问了她关于意大利的政治局势和她的生活。她向我们讲述了她刚刚经历的两年内失去五位亲人的艰难时刻："屋里曾是满满的，现在屋子空了。"她准备了一桌极好的饭菜：西葫芦、红烧南瓜、驴肉和意大利面，当然了，"法国人比意大利人更喜欢把肉煮得烂一点"。她有两个女儿，其中一个女儿收留了失足青年。拉蒂西亚走过很远很远的地方，去过南美洲，每年都会去印度。她刚从托斯卡纳回来，托斯卡纳的美让她目瞪口呆。

　　在我们返回运河之前，是拉蒂西亚的二女儿艾丽卡为我们做的早餐。在河的右岸，车流是如此密集，我们走路的速度比汽车还快些。多漂亮的自嘲啊！美丽的房屋不久将会被菜园代替。在这里，就像在我国一样，经济危机使我们重新开始种菜栽花。一位泥瓦匠对我们诉说，他失业数月，正在打听问去法国找工作的机会。拉蒂西亚告诉我们，她的孩子们寒窗苦读多年，担心找不到工作。在她看来，贝卢斯科尼飘忽不定、不可预知的政策扰乱了民主游戏，啥事也没办好。至于金融形势，有人向我们保证，意大利正在经历一场类似希腊的危机。在这个二〇一三年的夏天，全国上下一片抑郁。

我们接近米兰时，尤利西斯的一只轮子坏掉了。固定左轮的螺栓松动了。我们经过几公里的艰难跋涉后，一家自行车店老板在一个手提箱里翻了很久，给我们找到了一个替代品。他拒绝收我们的钱。我想，尤利西斯的工艺诱惑着那些双手沾满油渍的手艺人。

这条运河看起来像郊外的度假村。在码头上，廉价的小餐馆接待着嘈杂的客人。意大利语的发明是为唱歌但同样也为了讲话。纳维格里奥大运河如约将我们带到了大教堂——米兰主教座堂前的广场。一座只有信仰和天才偶尔能够实现的建筑奇迹。它是世界第三大教堂！从十四世纪开始建设，历经修缮，工程始终未停止过。从外面看，人们会被这栋高达百余米的建筑所震撼，尤其是矗立在屋顶上数量惊人的雕像，将屋顶变成了一只哥特式的刺猬。参观大教堂不可能不蜿蜒在雕塑之间拾阶而上。大教堂有三千多座雕像，其中三分之二直插云霄。最高的是圣母马利亚像，一座超越一切的金色雕像。按照传统，米兰的任何建筑都不能超过这个高度。两家实力雄厚的公司却用了一个像是耶稣会的窍门冒犯了规则：在他们的屋顶上安装了一尊复制的圣母像。我被一尊小小的鸽子雕像所感动，它的大理石已经被风雨侵蚀得有些损坏。这种古锈给它增添了诗意。

五　索费里诺，血腥之丘

　　不愿在疯狂的交通中穿行，我们坐上一列郊线小火车离开米兰，并在第一个村子下了车，我已经忘记了它的名字，但没有忘记那份极棒的工作午餐（工人套餐），它由三道美味的菜肴组成，铺着白色桌布的餐桌摆在葡萄藤架下。这些意大利的工人被像王子一样地对待。饭后在村口小广场的公共长椅上睡了个午觉。

　　如今的马路杀机四伏，最倒霉的是像我们这样被打电话的司机擦到。祸不单行，一个重要的马术活动导致方圆八十公里内没有一间旅店空房。我们在远离公路的一棵大橡树下扎营，一群狗让我们彻夜难眠，我俩还同时感觉到帐篷顶在轻微震动。下雨了吗？那就太神奇了，夜幕降临的时候，天空还是宁静的。早上，秘密揭开了。我们头顶的树上有成千上万的毛毛虫，有些笨拙的，从它们在吞食的树叶上掉下来，布满了帐篷，地面也是如此。

　　在圣保罗村，阿尔贝托——深红的面孔显现了他对意大利葡萄酒的钟情——毫不含糊地对我们吆喝：（对贝妮蒂克特）"你从哪里来的？你去哪里？走路？"（对我）"你呢，你多大了？七十五岁？我七十一岁了。我们很硬朗，不是吗？"（对贝妮蒂克特）"至于你，我不问你的年龄，这不合规矩，但你有孩子吗？"然后，在得到了他无疑将会在村子里大肆宣扬的信息后，阿尔贝托满意地离开了。再往前走一点，说笑间，一个开车的年轻人正好经过我们面前，他把头伸出车外："你们捎客吗？"我们还在大笑，他已经离开了。

在弗雷德里卡的逗留，价格昂贵，令人失望。但你不可能总是能遇到拉蒂西亚。我们年轻的女主人被崇尚消费的病毒和追求摩登的瘙痒症所吞噬。她的公寓是一个陈列室，里面摆放着不舒服的家具，装修浮夸。她本人从脚踝到脖子都是文身，她告诉我们，如果能再买下一家文艺咖啡馆，梦想就全实现了。唉，她既缺钱又缺文化。而当告诉我们她在假牙厂工作时，她却满脸通红低下了头。

我们在曲折地前进，首要顾虑是避开那些杀人公路。时不时地，我们会在鞋底下找到一点幸福的感觉，比如从马内比奥到莱诺那段路。一条细小而迷人的道路绵延八公里，蜿蜒在玉米田和草地之间，然后消失在为我们遮挡烈日的树叶下。我们在两条河流之间航行。左边的陪着我们走向莱诺。右边那条，其实是一条运河，流向相反的方向。鸟鸣，蚂蚱，昆虫，伴随脚步临近而坠落的黄色小苹果：我们在贮存这种寂静，因为我们很快就不得不回到繁忙的大路上，那令贝妮蒂克特头疼的，也最终慢慢变得可以接受。

这条路让我们遇到了格拉齐娅和罗米欧。他是大个子，超过她二十厘米。她像太阳一样光芒闪耀。在打听如何去卡斯蒂利亚内时，我们开始了交谈，格拉齐娅坚持要我们去参观坐落在山丘上的教堂——"特别美丽"，还有她的小镇，她是那么钟爱她的家乡，她说只有在不得已和被迫的情况下才会去度假。我们边走边聊了两三公里后，格拉齐娅邀请我们去附近她的家里喝咖啡。在允许我们离开前她执意留下自己的电话号码，没准……罗密欧坚持陪我们到镇的出口。午后的时光也同样惬意。骑自行车的人向我们打招呼，开汽车的热情表达对我们的好感。在农村，许多的农舍都成了废墟。

当我们走近卡斯蒂利亚内时，我想到了同姓的伯爵夫人，据说她是十九世纪最美丽的女人。意大利未来的国王维克多-埃马纽埃尔派她去巴黎，以拉近两国的关系。一个可耻但诱人的间谍，引发了轰动丑闻。先生们一想到她的绸缎床单就不寒而栗。她把拿破仑三世勾引到了自己的床上。这场艳遇是否在两国签订的协议中占了很大的比重，导致了意大利的独立和将萨瓦和尼斯划归法国？卡斯蒂利亚内伯爵夫人的狩猎名册上后来又增加了好几位王子，在年老色衰之前，在因羞于被时间摧残而躲开世人的视线之前，她穿着令人叹为观止的礼服拍了数百次写真。

镇上只有一家旅馆，而我们是唯一的客人。下一个城市让人回忆起另一个将在人类历史上留下永恒印记的事件：索费里诺战役。这个地方值得我们绕行几公里。代价是，我们必须爬一个陡坡，而且得抬着尤利西斯直到山顶。

它之前以及随后发生的战役同样血腥，如果不是因为这场战役的积极影响，它就不值得我们耽搁时间。奥地利人在俯瞰村庄的高山上筑起了堡垒；仗着枪炮优势，拿破仑三世的士兵们才在这场血战中取得了胜利。部队撤退时，估计死伤人数达三万人次。赶到现场的瑞士公民亨利·杜南大惊失色。法国人只有六名军医，没有担架队。然后他在卡斯蒂利亚内的一座教堂里临时搭建了一家医院，但只能容纳五百名伤员。他成功地说服了军事当局，让被俘虏的奥地利军医帮助抢救伤员。他说自己被从四面八方赶来救助的意大利妇女的奉献精神所感动，面对他的惊讶，这些妇女回答说："都是兄弟。"他执着于自己的所见所闻，三年后，自费出版了《索费里诺回忆录》，他把这本书印了一千多册，寄给欧洲各地和他一样厌恶战争的人。一年后，一八六三年二月十七日，红十字国际委员会在日内瓦成立。旗帜是瑞士国旗的底色，红底白字的十字架。对杜南来说，伤兵不能再被视为敌人，因此必须加以保护和照顾。后来，他把这种保护扩大到战俘。也许是因为他为事业付出了太多的时间和金钱，杜南生意不顺，被判欺诈性破产。他不得不离开红十字会办公室，到瑞士一个不起眼的叫作海登的小地方避难，并于一九一〇年在那里去世。一九〇一年，他成为诺贝尔和平奖的首位获得者。

　　人们在山丘顶上开辟了一块以纪念碑为中心的空间，纪念碑周围有一堵墙，墙上刻着已签署日内瓦红十字会或红新月会公约的国家的旗帜。在下面的小广场上，房屋的外墙往往有漂亮的拱门，涂着与瓦片和意大利阳光非常相配的赭石色。在露台上，客人们大声说话，兼夹着大量意思明确的手势。在经历了杀戮和炮火的记忆之后，这些和平的嘈杂无比柔和。

　　风光变了。几天来无处不在、动物饲料必不可少的玉米，已经消失了。大量的是水果：苹果、桃子、猕猴桃、葡萄、橄榄、石榴。拉达梅兹农家乐美丽而安静。主人阿方索是个爱笑的大小伙子，他把家族农场布置得很精致。东道主在介绍我们将要过夜的单间公寓时特别解释说，冰箱里的那瓶白葡萄酒是欢迎我们的礼物。这里属于那种在吃早餐的时候你会意识到舍不得离开的地方之一。阿方索有三份工作：建筑师、旅馆老板和酿酒师。再过几天，就是会把他强烈调动起来的葡萄收割时节。告辞的时候，他将会坚持送给我们一瓶自家葡萄园出产的红酒。我们将费尽口舌试图让他明白，一瓶酒放在背包里会变质，尤其是背起来还特别沉重。

是这瓶白葡萄酒太好喝还是因为我太累了？那天晚上，发生了一件令我忧虑而且久久无法忘却的事。阿方索向我们推荐了一家隐蔽在乡间的餐馆，并借给我们两辆自行车去那里，于是我们就沿着这个丘陵地区狭窄曲折的道路上出发了。我累了，慢慢地骑着车，贝妮蒂克特骑在前面。我们开始了一段无休止的下坡，令我担心回来的路会很困难。我俩显然是迷路了，而不喜欢依赖别人的贝妮蒂克特却不肯停下来打探消息。我们吵了起来。找不到餐厅，空着肚子回到住处。我很生气。我不理解伴侣连去哪儿都不知道就开始蹬车的固执；而恰恰是通过向陌生人问路，我才有了自己所有最美的邂逅。

在憋着闷气睡觉前，我们热了一个芸豆罐头。这是我们共同生活以来第一次吵架。走了近三十天，暴风雨来了。我几乎度过了一个不眠之夜。徒步旅途折磨你，让你原形毕露。你可以把一张好脸呈现在世人面前，但在努力的过程中，不舒服的感觉、不间断的磕碰、裂痕和缝隙就会出现。疲劳迫使你放下面具。这就是那个著名的诅咒——两个人开始的旅程以孤独告终？我们是否也要分开，扯断那些将我们联系在一起的强大纽带？

早上，从吃早餐开始，一直持续到我们最初走的好几公里，我们进行着坦率的解释。我们需要了解，在对方身上，是什么导致了误解、愤怒和困惑。很快，爱情回归和谐。我曾开玩笑地对贝妮蒂克特说过："我们认识六年了，都没有吵过架，这是怎么回事？正常人都会偶尔打架，为什么我们不会？"自从那晚之后，我就不那么自作聪明了，避开这个老话题。

热爱园艺的贝妮蒂克特渴望来到明乔河畔瓦莱焦。在这个小城的领土上，有一个巨大的西古尔塔花园。它的推广者谦虚地称它为"意大利最著名的花园"。它的六十公顷土地是一件真正的艺术品，再一次证明了意大利人对美的不可思议的天赋。这里的布局，植物、水区和树木的安排，色彩和树的种类，一切都很精致。这对贝妮蒂克特是一段迷人的逗留。作为演员，在美好的季节，她在很多花园里演出菜园版的《花园天堂》，一个灵感来自伟大作家的话剧。她的快乐是如此强烈，以至于我们对严谨的返法日程安排感到遗憾。如果能在附近找个农庄短暂停留数日，她就会心满意足了。西古尔塔在历史上也有一席之地，因为拿破仑三世在意大利战役期间曾在这里住过，并在此设立了他的指挥部。一个人，在如此盛大的美景中安顿下来，是否会想到几公里外他所发起的可怕的屠杀吗？

　　一座以朱丽叶的名字命名的钟楼，仿佛在提醒我们，我们即将抵达维罗纳，为爱殉情的故乡。

　　在为我们未来的电脑壁纸从各个角度拍摄了这个卓越的地方后，我们从宁静进入沥青铺就的地狱。维罗纳的入口不包括任何绿色小径。我很紧张，眼睛盯着冲向我们的汽车。如果我大喊一声，贝妮蒂克特一定不会试图去看或理解，而是直接跳进沟里。

　　当我们在十字路口休息时，手里拎着自行车的帕斯卡尔走了过来。整天对着电脑工作，他在自己的花园里寻找到一丁点平静。再出现的时候，他的车把上挂一个大塑料袋，他从里面拿出两个形状精致的桃子，递给我们。可能是觉得不够，他又拿出一个较小的袋子，里面装满了熟透了的无花果，并坚持让我们全留着。持续我们之间的关系是一件乐事，但我们的日程表却不允许。也许明年吧？

非常凑巧，尤利西斯在写着"维罗纳"的大招牌前爆了左胎，这是我们今年旅程的最后一站。我很累，不打算在车轮滚得飞快的汽车边修理内胎。我们昏昏沉沉地走向旅店，小车的轮圈直接滚在路面。轮胎将会被切割成条状。经过两个小时的艰辛，伴随着金属压在石板路上刺耳的噪音，我们在第一家还是四星级的酒店停了下来。堂而皇之的尤利西斯傲慢地穿过大厅，由穿着豪华制服、戴着白手套的门卫拖着。

我们没有多少时间去旅游，但维罗纳有两颗不容错过的珍珠。不幸的是，罗马竞技场里正在准备一场音乐会，大门已经关闭。在一个弹丸大小的院子里，密密麻麻根本穿不透的人群正在为不朽的朱丽叶的阳台拍照片。在通往阳台的楼梯上，兴奋的少女们等待着轮到自己出场，她们的罗密欧守在楼下准备拍下留念照。我们逃离了人群。

路易吉·利奇是个高个子，长得像雇佣军的首领。他是格列佛旅游书店的老板。热爱旅游文学的他，为了这家店，放弃了以前更赚钱的保险公司工作。路易吉的法语说得很好，他提议明年在我们再次上路之前，组织一次我的意大利版书与读者的见面会。我很乐意地接受了。

利诺·弗朗西斯孔在布鲁塞尔为欧盟工作。他每年都会回到家乡帕多瓦度假。《徒步丝绸之路》让他非常着迷，他的布鲁塞尔书商告诉我，他把第一卷送给了大约五十个人，让他们自己去买续集。他接待我们，并带我们参观他对每个角落都如数家珍的帕多瓦。我们摩肩擦踵地在斯克罗夫尼小教堂里欣赏了乔托令人钦佩的壁画。崇高的蓝调，大胆的构图：如此丰富的情感！它是意大利前文艺复兴时期最美的作品之一。

理性宫占据了城市的中心。建于十三世纪，气势恢宏。一楼其实是一个室内菜市场，我们又对意大利商贩善于让自己的商品更诱人的机智钦佩不已。这出色的南部菜场，提供新鲜的蔬菜，而我们大部分的超市和大卖场卖给我们的却是奄奄一息的蔬菜。漫步过道是最好的开胃酒。

但是楼上才是奇迹的所在。一个长八十一米、宽二十七米的巨大房间，天花板高二十七米。这使得它成为欧洲最大的悬空大厅。它可以轻松地容纳六到七个网球场。墙上的画作代表了四季和星座。它们原本是乔托所绘，在一场大火中被烧毁后，又按原貌修复。

在建筑物的一角，有一块巨大的圆形黑色石头，顶部呈现出凳子的形状；这就是"耻辱石"。破产的债务人必须穿着衬衫和内裤坐在那里，当着一百多人的面，按规矩重复三次"在被驱逐出城之前，我放弃我的财产，除非债务人同意，我将永远不得返城"。这是在帕多瓦的圣人安东尼的要求下制定的办法，以取代以前对付不良付款人的暴虐行为。

意大利人很懂得保护他们的巨大遗产。帕多瓦的一切都很美，但不炫耀。漫步在两边满是拱廊的街道，就像徜徉在历史中。我遇到了古陆专业书店的老板，它和路易吉·利奇的书店一样，专营旅游文学。从我的朋友利诺那里得到消息后，他也希望我明年能和我的读者见面，我们约定了日期。

我们要去喝一杯著名的佩德罗齐咖啡。在厨房里秘密做好，带着一种冷热混合的微妙感觉：咖啡、巧克力和奶油薄荷。美味可口。墙上嵌着一块铅。人们在重新粉刷墙壁时小心翼翼地避免打扰它。作为抵抗奥地利占领者的高地，佩德罗齐咖啡馆是学生抗议者经常光顾的地方。这颗流弹是在一次特别激烈、随后很多人被捕的示威活动中由士兵射出的。广场上，卖腌制章鱼的小贩来了，我们买了一份，配上一杯托考伊葡萄酒。

我们在美丽的夕阳下离开帕多瓦。

明年再见，美丽的意大利。

第二部分

维罗纳—伊斯坦布尔

贝妮蒂克特之眼

出发前几周，和朋友们的聊天中谈的全是我们正在准备的"历险"。而且很多人要求随时了解我们的进展。我不会这样做的。尽管在行走时，我常常想起家人和朋友，但我还是会把注意力放在旅途中，我不是一个喜欢寄明信片的人。我很乐意告诉他们一切，不过是在回来以后。

在这第二个年头，曾两度受伤、被迫卧床的贝妮蒂克特开始向朋友们透露消息，开始有点羞答答，然后就铁了心。在完成一段旅途后，我曾兴趣盎然地看着她专心致志地写着她的一篇篇游记，越来越频繁，越来越欢快。当她总结完几天的行走情况后，我的"小母鸡"就在智能手机的帮助下，把看到的东西和想法耐心地用明信片式的简短文字发表出来，用一种生动的语言，未必精炼，但都是自发。我们的朋友很喜欢看，迫不及待地想知道接下来会发生什么。我是在回家后才发现这些记录的，因为用手机阅读对我来说是难以忍受的。我说服我的伴侣将这些文字加入我写的故事中，因为我才应该是记录旅途的那支"羽毛笔"。现在，我很遗憾，她只写了我们这趟探险的后半部分；我相信她比我看得更清楚，在里昂和维罗纳之间，有一千多件事情逃过了我的眼睛。

1. 出发，二〇一四年七月二十九日

从阿维尼翁戏剧节回来，全速打理行装，门一锁就是四个月，转动每一圈钥匙孔的时候还在想路上会缺什么，什么将成为负担。两年前，我是多么心血来潮地建议贝尔纳追寻另一条丝绸之路，我们本可以待在家里，躺在躺椅上看着西红柿渐渐变红。

不过，去年走了九百公里是个好兆头。我们通过了并肩行走一个月的速成测试，我从贝尔纳·奥利维耶本人的手中接过了长途徒步者证书……但巴尔干地区，则是另一种徒步。而两千公里的路程也不能小瞧。

千头万绪，蠢蠢欲动，明天我将和我命中的挚爱上路，我的心里装满了对朋友们的情谊，我答应给他们消息。

我有点窘迫。

没有轨迹可循，历险从这里开始。

六　极度疲惫

二○一四年七月二十九日。出发总让人愁肠百结。几分钟后，我们将乘火车去巴黎，然后去维罗纳。贝妮蒂克特仍在她的电脑上忙碌。刽子手时间先生，主宰当下的暴君，再多给我们一分钟吧。我则在草坪前，最后看一眼五年前亲手种下的树，春天的时候，它们向天空抛出了脆弱的新枝。四个月后，它们就会木质化，准备好在下一个美丽季节回来后继续攀升。我又一次问自己，我在诺曼底的家居生活如此和谐，是什么驱使我离开？是下决心的时候了。锁上门。小别了，我们的巢，它将在秋天的寂静中等待我们。

在七月三十一日的这趟列车上，蜂拥着出游的人。我希望，他们中的三分之二将会有美好的邂逅，建立新的关系。但此刻，他们是聋哑人，眼睛或耳朵被 MP3、电脑或电话勾住了。

在维罗纳，亚历山德拉——一位年轻热情的女记者，被我们的书店朋友路易吉·利奇派来，把我们安顿在考尔特-卡罗琳娜农庄酒店后，为她所在的地方报纸《竞技场》采访了我。这张报纸明天将发表一篇整版报道，题目是："路上的哲学家"。等待出发对我来说是一种考验。为将要面临的一切做心理准备，我的两条腿如有蚂蚁在爬。在等待明天早上出发之前，必须把时间打发掉。我们漫步在去年欣然发现的城市，立刻回到了从前的习惯：她喝纯咖啡，我喝卡布奇诺。在艾蒂吉托街的另一边，拱廊下，一个女人正闭着眼睛陶醉地演奏着巴赫的小提琴奏鸣曲。这是她的生计。在艺术的国度里，艺术家的生活并不乐观。再往前走，一个无腿的女人推着一辆改装过的自行车。后面跟着一个骑着幼儿自行车的小女孩，她的后面，父亲慢腾腾地推着带篷婴儿车，里面的新生儿睁大眼睛看着广阔世界。对于那些想出发的人来说，没有什么是不可能的。

今晚，路易吉组织我和意大利读者在贝尔菲奥雷附近的泽维奥小镇见面，那里正在举行大鹅节，这是一个音乐和文学活动。这个小镇之所以出名，是因为玛丽亚·卡拉斯①的第一任丈夫就出生在这里，一座专门纪念这位女高音歌后的博物馆正在酝酿中。一百五十多人的欢迎是热烈的。路易吉充当了出色的翻译，因为我的意大利语从去年开始就没有长进过一寸。很多人都想见见这个疯子，从伊斯坦布尔到中国西安，他走了大约一万两千公里。但是，我又一次意识到，最让我的崇拜者惊奇的不是体育伟绩，而是我独自上路这个事实。哪怕是鲁莽大胆的读者见面会主持人吉安尼·西罗托，不惜在欧洲和南美的深山里冒一切危险，也总是和朋友一起出发。拿生命做赌注，可以，不过得有人陪。

短暂的雨夜过后，我们告别了考尔特-卡罗琳纳酒店迷人的招待吉玛和波拉。现在，真的开始了。相约伊斯坦布尔，两千公里后，如果天意如此……

经过我的朋友马塞尔·勒梅特的认真保养后，尤利西斯已完全康复。去年养成的习惯又很快就回来了；这是背包客的日常，收

---

① 玛丽亚·卡拉斯（Maria Callas，1923—1977），希腊裔美国歌唱家。

好行李，迈出去下一个小酒馆的第一步。她喝纯咖啡，我喝卡布奇诺。每次，服务员都是在我面前放纯咖啡，在贝妮蒂克特面前放下卡布奇诺，卡布奇诺的泡沫上还画了一个小爱心——这应该代表着女性天职，不过我愿意承担……我们借道一条夹在两条运河之间的小路，那里有许多人在散步；骑自行车的人就像参加环法自行车赛一样穿戴全套装备；还有慢跑者或步行者。突然，我们听到："贝尔纳！贝妮蒂克特！"昨晚在泽维奥的一个女人和她的朋友们围住我们问个不停。但我们该出发了……

在维罗纳的出口处，一个被命名为"乐百家"的偏僻地带，建起了一座巨大的商业大厦，将来会彻底改变所有领域的商品流通方式。长一百米，约六十个面，共四层楼，顶有方塔，像城堡或教养院。两年前工程结束时，一时间爆炸式的广告和媒体报道络绎不绝，仿佛本世纪的盛事。启用半年后，想必大家都知道，作为上帝的消费者并没有通过一条专门开辟的道路把车开进那些像足球场一样大的停车场里。这座建筑已经沦为时间的牺牲品：一座全新的废墟。我们不无讽刺地注视着这商业灾难，这消费疯狂的可悲果实。

密托严，一座同样废弃的老修道院，残立的墙面爬满了常春藤和竹子。香樟树柔化了这里的悲凉，但修道院建筑几乎都已倒塌。现在只剩下一座钟楼，钟楼上的礼拜钟已被拆除。统统不见了，金钱和宗教……

傍晚，我们经过阿尔波，它是阿迪杰河的支流，河面上横跨着正在修整的著名的阿尔科勒桥。我们无缘踏上这座因波拿巴而享受盛誉的石桥。正值施工期间，政府为当地居民修建了一座钢结构的临时人行天桥。在岸边，矗立着一个方尖碑风格的纪念碑。上面有拿破仑的 N，顶上是帝国之鹰。也许比起这位科西嘉将军，意大利人更熟知这位皇帝，"拿破仑纪念碑"被刻在石头上。的确，在加冕前八年，拿破仑已经以波拿巴的姓氏指点江山了。在法兰西式的天真里，我曾想象发生在这里的历史，被他们心目中的英雄的狂热驱使着，士兵们冲锋陷阵并占领了这个地方。可是现实有些不同。如果我们的科西嘉人冲上了桥，他只在弹雨中行进了一半。他的手榴弹士兵将他拖到稍远一些的地方躲避，他的助手和保护他的罗贝尔将军却死在了那里。这座桥终被攻克与一个值得一说的诡计有关。波拿巴命令他的鼓手们涉水过河，绕过奥匈帝国士兵，吹起冲锋号，就像他们是救援军的前锋一样。敌方将领上当，他认为后方受到攻击，于是派出部分军队去保护，因此削弱了防御力量。他的两万五千名士兵应战一万九千名法国人，桥被攻下，敌人投降。在战争中，只有结果才是最重要的。

如果说，我们在索费里诺看到战役和红十字会造成了旅游业的兴旺，阿尔科勒则鲜有游客，乃至镇上一家旅馆都没有。尽管累了一天，但我们还得走上好几个小时才发现一个旅馆。主人告诉我们，旅馆已经关门了，但看我们一脸狼狈，她同意租给我们一个房间。为了找到一家餐厅，我们还要不顾疲惫，来回各走上没完没了的两公里。我们走了将近三十五公里，这对于徒步第一天来说，简直是疯狂。

早上出发很难，因为前一天的毒素仍沉积在我们的肌肉里。所幸的是，内啡肽一点一点地发挥作用，我们顺利地走到了中午。像去年一样，和我们攀谈的人不多。人们对拖着一辆奇怪的交通工具的两个陌生人很是警惕。只有一个老人家问了我们的国籍。一位老太太在阳台上和站在窗前的邻居用洪亮的声音在聊天，看到我们就对他说了句"游客!"，并不回答我们的问候。在一家餐厅吃饱后，就不得不打个盹。在奥尔贾诺的战争纪念碑附近，我们枕着帽子睡着了。纪念碑上，有四枚顶天而立、用铁链连接的大炮弹，我数了数，在一战和二战中死去的共六十人，还有二十名与德国人并肩，战死于俄国战役。

出发踏上无法回避的国道。卡车从我们身边掠过，险象环生。一条可以把我们引向阿贝通的小路让我俩逃避了噪声和机器的咆哮。一座大门敞开的农场，貌似欢迎我们去屯水。一位老妇人在扶手椅上打瞌睡，边上有两根英国手杖，用不屑的手势指给我们一根用来给牲口饮水的管子。突然，屋门打开，罗贝塔冲进院子。她面带微笑，询问我们的要求，给我们准备了清凉的薄荷水，在里面放了大块的柠檬。在偏僻的农场里有如此难得的相遇，她的脸上闪耀着幸福的光芒。罗贝塔的牙齿可以成为牙膏的绝佳广告。她正在把园子里收割的西红柿浓缩成番茄酱准备过冬。她停下了所有活计，把全部的精力投入到和我们的聊天中，罗贝塔想知道我们从哪里来，要去哪里，讲给我们听有关她心爱的独生女——"她在伦敦做短期语言培训，很快就会回来了，然后要去走孔波斯特拉的朝圣路。""她的内心是美丽的。"罗贝塔最后总结道。在离开前，她要我们在院子里摆个姿势拍照留念。院子里的老奶奶终于明白了我们在徒步行走，她问："您许愿了吗?"罗贝塔转向贝妮蒂克特问："您有儿子吗?"

不一会儿，我们经过了一个院子，墙壁上全是雕像和高大的浮雕。两个在凉亭下聊天的人示意我们进去。在这里工作的雕塑家有一个大名鼎鼎的姓——贾科梅蒂和一个相对普通的名字——阿曼多。他自学成才，用当地的白石雕刻出许多非常天真的面孔，证明了他难得的创造力和对人物的敏锐观察。在他的房子与马路之间的墙壁上，有另外一些面孔，仿佛是中了咒语的受害者，石头的囚徒。

　　傍晚时分，根本没有可能找一家民宿或旅店过夜。所有的田地都是孤立的，周围都有一条水沟，用于灌溉。经过长时间的研究，帐篷被安置在一栋工程中断的房子后面。经济危机冲击的不仅是购物中心和修道院。我们还将看到许多未完成的建筑工程。离车流稀少的马路稍远，我们睡得很香，但昨天的疲惫还没有完全消除。我为这个令我太太吃苦的初级错误而自责。一股浓重而潮湿的热气唤醒了我。早上六点半，风雨欲来，事不宜迟，我们立即收拾东西。离开的时候，第一阵雨滴落下，天空砰然爆裂。

　　路易吉给我们发来消息说，一个参加了泽维奥见面会活动的读者贾科莫，他想和我们一起走这段路，并提供我们在帕多瓦的住宿。我们约好在我们要经过的阿尔贝托内镇与他见面。哎呀，我们迷路了，当我们意识到自己迷路的时候，两人已被一条平行的自行车道折磨得筋疲力竭。我们在雨中徘徊了近两个小时。在一个十字路口，我们徒劳地试图拦车问路，但又再一次看到意大利人对我们这些外国人的恐惧。最后，是一个坐在高高的大卡车驾驶座上的女人，给我们指了方向。我们在一个加油站遇到了喝咖啡的贾科莫。他是一个二十九岁的高大青年，留着时髦的三日胡，神情十分柔和，与他慢吞吞的语气十分相配。他刚从维罗纳一路搭车到了香港，又经西伯利亚铁路返回，历时五个月。我们再次上路，幸好有他的指引，因为帕多瓦的入口在乡村和城市之间忽隐忽现，小路上没有任何方向标示线索。每间房子都挂了一块"小心有狗"的标牌，充分说明了当地人的好客。我们实在太累了，贾科莫建议大家停下来吃个冰激凌。离他的家只隔了几条路，但我们都觉得很难从座位上站起来行走，腿像水泥一样沉重而僵硬。晚上七点，终于到达贾科莫的家，经过十五个多小时的步行，彻底筋疲力竭。出来第三天就这么走是疯狂的。我开始觉得自己对要走的路程有点过于乐观了。幸运的是，我们的东道主用他们的善良、他们的细心和一张舒适的床来安慰我们。贾科莫的女朋友伊拉丽娅是一个棕色皮肤的高个子女人，她与远东地区做布料生意。两人曾上过同一所高中，彼此却不认识。他们是在北京相识的。两个人的英语都很好。同样懂中文的伊拉丽娅，说起法语也是得心应手。经过一夜的休息睡眠，我们的新朋友又陪着我们参观了帕多瓦这座奇妙的城市。

我们见到了我们的朋友利诺·弗朗西斯孔，他正在托斯卡纳旅行，但为了我们提前回来了。在他的陪同下，我们在古陆书店见到了老板詹多梅尼科，他为我和我的读者们组织了一次见面会。在可以容纳四十人的地下室里，八十个人挤在一起。大家都扇着扇子寻找一点氧气。见面会充满热情，我们带来的历险气息刺激着这些为我们过节的听众们。

八月七日上午，我们不得不带着遗憾与伊拉丽娅和贾科莫分手。我们真应该延长与这对美好伴侣的逗留时间，好好享受围绕着我们的全新的温情，给自己一个喘息的机会。但我无法摆脱自己的摩羯座性格。它要对我直奔目标从而无法充分享受到旅行的所有乐趣的倾向负责。而且，更何况，对我的渴望上路来说，贝妮蒂克特与其说是刹车，不如说是加速器。早上，这两位朋友陪着我们来到一条运河，我们将沿着运河去威尼斯。贾科莫要求拖着尤利西斯。两个女人走在我们前面。伊拉丽娅步态挺拔轻松，慢慢地走在显得更警觉更坚定的贝妮蒂克特旁边。我对步态很感兴趣，这其中往往能看出性格。我梦想着拍一部纪录片，在看到展示人们真实个性的画面前，我们只从背后看到他们行走。我不是面相家，但我能从背影分辨出中国人、荷兰人、南美人或北美人。英国女人走路时脚向内撇，巴黎女人走路时像鸭子，一个狡猾的人和一个害羞的人走路的样子是不同的。

到了运河，要分手了。伊拉丽娅眼神中闪耀着智慧和情意，眼角挂着一滴泪。我们都很感动，为这虽然短暂却强烈而温暖的相遇。对于这对一起步入生活的年轻人来说，我们的到来带来了他们梦寐以求的历险气息，可这又和他们不得不面对的职业发展相冲突。

七　威尼斯和的里雅斯特

在白云朵朵的天空下，经米拉（Mira），前往威尼斯。我们借道了数公里的"世界正义之路"。在那里，小石碑颂扬了那些向亚美尼亚、卢旺达、巴尔干和波斯尼亚战争中平民受害者伸出援助之手的人物。我看到了记者安娜·波利特科夫斯卡娅的名字，她因为拒绝保持沉默而被害。

在纳维格里奥·德尔布伦塔运河两岸，一幢幢贵族式的别墅比肩接踵，在规模大小、装饰华丽和优雅气度上相互媲美。它们为威尼斯的富商而建，与他们的身份相符，是成功的证明。过去，船只停泊在延伸到柱廊入口的大理石砌的宽阔台阶前。所有这些房子都建有一个带着高高天花板的豪华底楼，然后才是给主人使用的一层楼。再上去的一层住着成群的家仆。这些大房子现在大多只剩下昔日辉煌的表面华丽。不过，其中的马尔孔滕塔是联合国教科文组织的世界文化遗产。

在去往威尼斯的路上，我不禁梦想着这座城市的辉煌，在我的偶像费尔南·布罗代尔 ① 看来，这座城市在八个世纪里主导了世界贸易，为地中海地区引进了许多商业技术，包括十五世纪末革命性的复式记账法。这座城市树立了寡头治理的典范，这种统治不属于

---

① 法国历史学家，著有《地中海与菲利普二世时代的地中海世界》等。

上帝，而归于总督的同僚。

到达威尼斯只能走海路。如果在把我们从富西纳小港带到湖城的小船上尤利西斯找到了自己的位置，那么在服务于大运河的汽轮上就不一样了。在那里，我们一辆小车的位置差不多能站三个人。八月中旬，在那些轮船大巴上，每一平方厘米都被游客激烈争夺。带小车上船是不可能的事，我们被拒绝了。所以我们只能作为行人，徒步穿越城市。仅仅是爬阿卡德米亚桥的上坡，已让我们筋疲力竭。我们又开始了在阿尔卑斯山上使用的技术：两人背着行李，一人拉着车，另一个人在后面抬或推车。我们尝试着前进到卡纳雷吉欧区，我们的朋友安妮在那儿等着我们。几年前，安妮读了我的书后给我写过一封漂亮的信。最后，她邀请我有机会去威尼斯找她。我相信了她的话。

我们在千难万险中开路。小巷狭窄到两个人都难以擦肩而过，沿运河分支坐落的小桥或小巷，被拥挤而嘈杂的旅游团占据了所有空间。我们终于到达卡纳雷吉欧区，我们的朋友在圣使徒堂附近给我们找了一间设备完善的小公寓。一个迷人的露台由一道栅栏封闭，可以直接进入运河，就像几乎所有的威尼斯老房子那样。我们住的卡纳雷吉欧区是老犹太区。"犹太区"（ghetto）一词就是在威尼斯诞生的。它是"铸造"一词的变形，因为这是从前这个地方从事的活动。

安妮是一位马赛克艺术家，出生于法国。在旅游旺季，她和她的意大利丈夫恩里科逃离游客海啸——这座拥有六万居民的城市，每年要接待两千五百万游客——去圣伊拉斯谟岛避难，该岛的主要产业是为城市提供水果和蔬菜。在那里，他们住在一座由旧灯塔改造成的住宅里。为了表示欢迎，安妮从她的岛屿上给我们带来了一些无花果，我们马上就把它们吞到了肚子里。

洗完澡后，我们去寻找伊拉丽娅推荐的一家小餐馆。这道以南瓜为基础的菜，做得神乎其神，且不说我至今还在舌尖上回味的奶油布丁。

这个八月九日，当热浪退去，在街上游荡了数公里后疲惫不堪的游客们回到餐馆和酒店时，安妮和恩里科敲响了我们露台的门。他们请我们坐上他们的小船游览威尼斯。恩里科，朋友们叫他里科，对他出生的城市了如指掌。在绕出一条条运河支流时，他指给我们看瓦格纳、卡洛·哥尔多尼曾住过的房子，以及给了莎士比亚以灵感的德斯德蒙娜住过的房子。他告诉我们，直到十六世纪，商人们才开始用石头建筑宫殿。在此之前，木质和泥质的外墙都是彩绘的，有些还留有壁画的痕迹。当恩里科熟练地在羊肠道般的小运河和交通密集的大运河中滑行时，他向我们展示了这座城市的八个黄金世纪，直到一七九七年被波拿巴严重摧毁。

在威尼斯，我几乎找不到旧时丝绸业曾经繁荣的痕迹，就像被西西里近乎垄断时期的卢卡、热那亚和佛罗伦萨一样。

诺曼人罗杰一世，威廉一世的亲信，是他征服了西西里王国，在那里发展了丝绸生产技术。基督徒和穆斯林在岛上和谐共处，掌握了养蚕和织绸的技术，使西西里成为欧洲地区这种贵重面料的贸易中心。罗杰一世尝试过垄断，但未成功。意大利人和法国人之间几乎没有竞争，因为前者主要致力于生产家具用的厚重织物，而里昂则致力于服装用的轻薄织物。

经过两个小时的精彩参观，我们把船绑在深深矗立在运河中的大木桩上，安妮带着心照不宣的笑容，从后备厢里拿出来四个杯子和一瓶伊拉斯谟，岛上自产的气泡酒，我们一起举杯。在柔美的暮色中被美景和温暖的友谊所拥抱，多么难得啊！当夜幕降临，把我们送回露台门前，我们的东道主回去他们的小岛。明天，严肃的事情开始了，我们将前往的里雅斯特和边境。

我们坐船来到威尼斯，又坐船离开。我们得花一个小时坐船到达特雷波尔蒂，从那里开始步行。变化是彻底的。在威尼斯，游客全是外国人；在这里，无边的海滩上全是长得非常相似的意大利老百姓。贝妮蒂克特和我打算去享受一个第一次：在亚得里亚海洗澡。但要想达到目的，得花一番力气。在意大利人对海滩的概念中，有着天生超级强烈的领地感。每个小组都随身带着所有提供舒适的用品：食物、桌椅、气垫席梦思、躺椅、收音机、扶手椅上的婆婆、沙滩玩具、狗、大阳伞、枕头。音量相互应和，收音机在呐喊，伴随着大声而热烈的对话，而这些对话又被传播消息和广告的高音喇叭所淹没。

我们远远离开海滩，寻找一个安静的露营地，但安静在这里却是不协调的。在并排停放的露营车之间，说话声、叫喊声和电视，在浓重潮湿的热浪深处倾泻出一阵阵尖锐的噪声风暴。

重新出发，我们努力地寻找一条远离海滩的平行小路，来避开在饱和的人行道上行走；我们找到了一条在空地之间穿梭的小路。下方有几间房子和一个让我高兴的五金作坊。几天来，我一直在担心尤利西斯的拉杆，它在莫丹已经断了。这是一根细钢管，在与车身的平板焊接的地方承受着极高的张力。管子已经有些弯曲了，只要一震，这个脆弱的地方就会彻底折断。在作坊里，奥斯瓦尔多一边忙着，一边分类各种管子。壮实敦厚，玳瑁眼镜，白发上罩着头盔，整个人几乎完全挡在一条大皮围裙后面，这条围裙经受着火焰、油污以及磨床的火花。作为一个专业人士，他明白我用手势表达的意思但有些犹豫。他的老板不在，作坊本应该关门放假……最终，他开始工作了，用巨大的锤子敲直了拉杆，割开两块金属后开始焊接——现在，尤利西斯准备好承受新的压力了。奥斯瓦尔多拒绝收费，连小费也不要，他伸出一只长满老茧、因长期与钢铁合作而黝黑的手，示意我真诚的握手胜过钱币。

路上的车流量非常大，经历了两三次险情后，我们决定为求生而冒迷路的危险。我们用湿漉漉的手指探索着，走上了一条小柏油路。这条路很快就只剩下土，然后是高高的草，我俩努力拉着尤利西斯，它的轮子和肚子都被植物缠住了。当我们开始怀疑是否要离开田野另找出路的时候，我们遇到了一对正在遛两只狗的夫妇。他们肯定地说，我们正在去考尔莱的路上。他们向我们打听，惊讶，惊叹。"太可惜了，你们是往那边走，我们住在反方向，"女人指着我们来的方向说，"我们很高兴能留宿你们。"这是第一次，除了伊拉丽娅和贾科莫之外，主动有人向我们提供住宿。我们很惊讶。"知道吗，人们之所以怀疑是因为不了解你们。"我们离开这里时，对人类的慷慨充满了乐观和信心。

突然，贝妮蒂克特停了下来，她的左膝猛地开始剧烈疼痛。一个小时后，尽管我们已在大树的荫凉下休息，但同样的疼痛再次出现，甚至更加剧烈。我们必须再次停下来。我们趁机把昨晚被寒露浸湿的帐篷晾干。疼痛在持续，我们决定中途在考尔莱停下。明天，我们只走十五公里，以免让疼痛的关节过度疲劳。这样会在行走的日程上损失一天的时间，但让节约时间见鬼去吧。最重要的是，我们必须避免危害到余下的行程。我们离开里昂去伊斯坦布尔，不是为了留在考尔莱。在酒店住一晚，在亚得里亚海洗个澡，如果有必要的话，就拿出一天的时间来真正地休息恢复。

但是，如果想休息，作海边的度假胜地的考莱尔不是个好地方。在海滩边的酒店周边，涌入的人群密密麻麻，如同示威游行一般。这成千上万的度假者相互呼唤、惊叫、笑声、歌声，喧嚣无休止。在我们的房间正对面，对面楼的二楼，几十台老虎机正噼里啪啦地响着，孩子们在尖叫，窗户大开。这是大众的狂欢，是商品与休闲消费的凯歌。这一切一直持续到凌晨四点，醉汉们在抗议酒吧关门，警察前来制止。

早上，我们以很慢的速度上路，贝妮蒂克特担心疼痛会再次出现。十公里后果然发生了。频繁休息、拉伸、多喝水，是治疗肌腱炎的最好方法，但这肯定是肌腱炎吗？商量之后，我们打算不在计划中的驿站卢古尼亚纳停留，走得更远一些，到拉蒂萨纳，那里有一个火车站。贝妮蒂克特乘火车去的里雅斯特，她在那里休养膝盖并等我。我独自走完剩下的三段路，直到将我们分开的的里雅斯特。我的同伴沮丧到了极点。她是多么渴望这次两人行，可是才走了六天，她的身体已经碍事了。我向她保证，我也经历过。在最初开始行走的几天，我感到左大腿剧烈疼痛，好像神经被拉扯。然后体内有了内啡肽后，疼痛减轻，我又可以继续上路。

夜很短，清早是我们的离别时分。在分离的早晨，贝妮蒂克特陪我走到一个十字路口，在那里我们不情愿地离开对方。我踏上了一条长长的直路，每次转身，我都会看到她神情紧张，努力地微笑着。那一刻，我们衡量着承载我俩的爱。虽然只是三天的分离，但对她美丽的心灵是一个深深的伤害。这条该死的直路永远不会结束。每分钟我都会转过头去，她的身影越来越小，挥着手，好像要留住我。我的脑海里划过一个念头，我是个混蛋，我应该不顾她的拒绝，共同度过这三天，带她去看医生。但这次行走是我们共同的项目，只要继续徒步，某种意义上我就在为她走。还有那个该死的摩羯座对我说继续、继续、继续……

路途看似遥远，但根据标记，那天早上我以每小时六公里的速度行走，这对一个老人来说挺不错了。时常，想到自己已经七十六岁时，我会怀疑自己的能力。一个城市又一个城市，一个国家又一个国家，我努力说服自己，我会一直走下去。

孤独行走改变了游戏。两个人的时候我们并不太引人注意。现在，被我的外表和尤利西斯唤起好奇心的人们来打听了：我从哪里来，要去哪里；一旦打开话匣子，就问我多大了。临走前，我把两件 T 恤扔在包里。我现在穿的是一九九六年去跑纽约马拉松时的纪念品。上面有法国国旗的颜色。这带给我的不只是方便。一个骑车的人，无疑与我们国家有仇，在经过我身边时，向我做了一个侮辱的手势。我也相对含蓄地用手指回答了他。他是那些愚蠢的在欧洲繁衍的民族主义者之一，难道他们不明白被目光短浅的政治所支配的仇恨导致了最近一次世界大战？我已经历了一次，我不想再重复。而且，考虑到的里雅斯特地区的意大利人目睹了民族主义在邻近的巴尔干地区兴起，并能够衡量它对人类的破坏，这类行为变得更加不可原谅。这个骑车人的行为是个个例，我所遇到的大多数人还是热情好客的。

我在一家小饭馆吃着美味的面条——耐久的能量，行者的能量——这时有几个人过来问我话。他们从附近的一家酒吧出来——我曾进去想吃午餐那间。会说法语的老板不提供正餐，在给我推荐小饭馆的时候，不客气地问了我一大堆问题。现在，好奇的人想验证他的说法。一个满脸怀疑的女人问我年龄。我回答她的时候，她不相信，还很生气，认为我在开玩笑。我被逗乐了，拿出护照。她向我伸出手："了不起"，其他人抬眼望天说道："妈的，马利亚，保佑，祝福……"

我一度以为自己可能会在白天到达的里雅斯特。我手上没有可靠的地图，靠查看路标估算距离。但今天早上，当我离开切尔维尼亚诺时，一个牌子上写着"的里雅斯特，四十一公里"。经过一周的训练，这个距离在我的能力之内，我告诉自己，今天晚上大概可以和贝妮蒂克特重逢。我只需要跳过西斯蒂亚纳这个驿站，因为我可以走到时速每小时七公里，如果延长休息时间，最快可以走到八公里。就这样，我清晨六点半就上路了。心情快乐，我走得很快，我飞向贝妮蒂克特……四个多小时后，我至少走了二十公里，穿过蒙法尔科内时，在一条走不完的林荫道上，我看到一个指示牌，指示"的里雅斯特，三十五公里"。倒霉。切尔维尼亚诺的招牌是错的。祸不单行，又来了一场大暴雨，然后又是一场阵雨。我的精神很低落。郁闷、双腿灌铅的我，最后到达了西斯蒂亚纳。我等着明天再去看我的爱人。她打电话给我，说疼痛在缓解，城市很美，她买了地图，为我们接下来的旅行做准备。

吃午饭的时候，隔壁桌的一对夫妇和我开始了一次愉快的聊天。男的叫阿尔贝托，他提议明天早上带我参观的里雅斯特。我显然无法做到，因为我还有二十五公里左右的路程要走。太可惜了，因为下午，他告诉我，他将在克罗地亚的海滩上。他在前往孔波斯特拉的路上已经走了一百五十公里，并计划继续前往圣地亚哥。离开我的时候，他笑着对我说，他的姓很容易记住：波吉亚①。

　　早上，我避免走通向海岸的路，因为那里的交通非常繁忙。我走上一条内路，稍微延长了一点路程，但重要的是可以让我爬到俯瞰的里雅斯特的山顶。大片的黑云前拥后挤而来。我平时很习惯在细雨中行走，但当道路变成洗脚池时，我受不了了，躲到了一道拱门下。对面，一个骑摩托车的人也在躲雨。我在三条路之间犹豫不决，没有一条有任何标志。一个刚买完报纸的人，笑着猜到了我的目标，给我指了一条路。我确认道：

　　"的里雅斯特？"

　　他附和。我犹豫不决，因为他指给我的那条路是最窄的，看起来最少有人走的样子。我的怀疑想必显而易见。

　　"您会说英语吗？"那人用流利的英语向我确认，这确实是去的里雅斯特的路。

　　我被落在身上的暴雨冻坏了，走近附近的一家酒吧。那人跟在我身后，他自我介绍叫菲利帕斯，是一名退休的水手。他曾在马赛和勒阿弗尔港口停留过，要为我的卡布奇诺买单。

　　为了去的里雅斯特，我必须爬完今天早上已爬了两个小时的

　　———————————————

　　①　波吉亚（Borgia），欧洲贵族世家，先后有两位家族成员登上教宗宝座。

三百米垂直落差。坡太陡，路太湿，有时，尤利西斯拖着我打滑，不好控制。有一次，与两条沟渠接壤的小路已经变成了一个深约四十厘米的游泳池，我不得不在出口处清空鞋内的积水。我最终走上了滨海公路。中午时分，我和贝妮蒂克特约好在火车站见面，我沿着人行道避开车流走着，听到有人大叫："贝尔纳！"在大路上，一个驾车人向我招手。是阿尔贝托·波吉亚。他对我们的行程很感兴趣，所以他放弃了克罗地亚的闲情逸致，在这条路上来来回回希望遇到我。

他想带我们参观他的城市。我们预约好了时间。在火车站，我拥抱了贝妮蒂克特。这三天的分离时光很沉重，我无时不在想念她。她的疼痛终止了，还是要放弃这段旅程？目前，我的伴侣看起来很正常。

健谈的阿尔贝托操着一口夹杂着英语的流利法语，带我们参观了最近开放的"为了和平的战争博物馆"。它的创造者收集了数千件物品，步枪和手枪、衣服、海报、照片以及占据院子一部分的巨型大炮。每一个物件都在谴责战争的荒唐、巨大开支、它制造的悲惨、给交战双方带来的痛苦。

晚上，我们在斯戈尼科餐馆吃晚饭，它在城市的高地，我们的周围是被喀斯特洞穴——由石灰岩构成的众多的深山洞——点缀的小山丘。在上一次战争中，许多战斗中的受害者被扔进了这些临时的乱葬岗。第二天是我的休息日，也是贝妮蒂克特多休息一天的日子。我们与马特奥和克里斯蒂娜共进午餐。他们通过我们共同的朋友路易吉·纳奇和阿尔贝托·孔戴得知了我创办的门槛协会，他们还是托斯卡纳的蒙特里久尼文学节的组织者，我曾在春天应邀去了那里。马特奥和克里斯蒂娜最近刚刚结婚，这是收养孩子的必经手续。两人都对我办协会的宗旨兴趣深厚，作为礼物，他们要给协会募捐。他们是一个非政府组织非常活跃的工作人员，该组织帮助寻求庇护者办理获得难民身份的行政手续，他们帮助这些来自伊拉克、叙利亚和阿富汗的人找到住宿。这是一项困难的工作，特别是在一个几乎独自为欧洲承受从陆路（如的里雅斯特）或海路（如兰佩杜萨）涌入的难民的国度。

我们向阿尔贝托、克里斯蒂娜和马特奥告别，他们弥补了我们自从越过阿尔卑斯山后，在意大利受到的窘迫接待。我们心里明白，我们今晚在波河河谷已吃完了白面包。过了的里雅斯特，一切就是未知数了。明天，我们将进入巴尔干，这个土耳其名字的意思是"山脉"。

2. 的里雅斯特，八月十四日

前往巴尔干半岛的跳板。从维罗纳出发两百公里，我走得少一点，需要休养僵硬的膝盖。贝尔纳在维罗纳和帕多瓦举办了两场讲座，他在那里大受欢迎。

后天，我们将离开神圣的意大利，离开她华丽的喧哗，她奢华的城市和瑰丽的文化，离开如同她的火腿、奶酪、葡萄酒、面条、咖啡馆（啊！在其他地方找不到的咖啡……）以及同样美味的意大利语。还有她的废墟，未完工的房子，亚得里亚海海滩上密密麻麻以至于让你看不到海的汉子们，无处不在的北方联盟①，它的电闸门，它所有窗户上的铁栏杆，它的对我们大喊大叫的看门狗，它一直关着的大门。除了在那个酷热的午后送给我们石榴的罗贝塔的难忘的微笑，以及我们在贝尔纳的第一个座谈会上遇到的贾科莫和伊拉丽娅，在帕多瓦留宿我们。

和在法国一样，我们遇到了慷慨的人。向外国人敞开大门，把我们当作自己人那样对待，不是理所当然的易事。

我将会怎么做，你又会怎么做，如果两个多少风尘仆仆的背包客敲响你的门，要求你留宿一夜？我真的一点也不晓得，那么……

克罗地亚人和波斯尼亚人将会怎么招待我们呢，两颗被太阳晒

---

① 意大利右翼政党。

得发紫的脑袋，已磨损得不体面的衣服，还有我们那晒着袜子和内裤的流浪小拖车？

下一集你们就知道了！

八　山　脉

　　八月十七日，周围的风景彻底改变了。我们进入到一个国家云集的地带，其中的大多数正在舔舐被宗教和种族仇恨挑起的内战所带来的创伤。不久前的这个地区，人们可能不是因为自己做了什么而送命，而是因为他们的身份和信仰。在这个地区，杀人的欲望还在头骨下酝酿。一个终于被欧洲吸引但仅仅在口头上接受欧洲规则的地区。

　　这个难以接近的地区被复杂而暴力的历史所耕耘：它是一片充满激情的土地。自起源以来，每一个地方势力都将自己的宗教强加于人。一部分斯拉夫人来自北方，另一部分来自土耳其。奥斯曼帝国占领了这个国家几个世纪。斯拉夫人指定了基督教，土耳其人强行推广伊斯兰教，东方基督徒则规定了东正教。信仰的改宗取决于战争和刀剑。种族、宗教和文化之间不协调的混合不断地制造着冲突，而更可怕的是——这种冲突涉及的是生活在同一国家、同一村庄、同一街区，甚至是同一家庭的人。人们总是以土地或上帝的名义被撕裂。简单地说，巴尔干地区在专制统治下经历了两个相对平静的时期，一是奥斯曼帝国统治期间，二是离我们时代不远的铁托的统一。宗教思想是该地区滋生动荡的主要原因，但不是唯一原因。权力的欲望和民族主义占有相当大的比重。

从一九一二年到一九一三年，由于奥斯曼帝国的衰弱和基督徒的解放愿望，爆发了所谓的巴尔干战争。一九一四年六月，奥匈帝国继承人弗朗茨·费迪南大公及其妻子被亲塞尔维亚的无政府主义者加夫里洛·普林西普暗杀，这是让整个欧洲陷入战争的导火索。一九一八年，南斯拉夫王国成立，将塞尔维亚、克罗地亚和斯洛文尼亚合并在一起。但和平是脆弱的，一九三九年整个巴尔干地区再次陷入战争。克罗地亚共产主义者约西普·布罗兹（化名铁托），他指挥对抗由意大利、日本和德国人组成的轴心国军队。解放后，他以铁的手腕，抹掉差距，从头建立了一个新的国家——南斯拉夫。他同时站在西方和莫斯科的对立面。他是不结盟运动的共同缔造者，拒绝支持美国或苏联两大势力中的任何一方。一九五六年，他在位于布里奥尼的家中，与印度人尼赫鲁和埃及人纳赛尔举行了会晤，奠定了不结盟运动的政治基础，这是一种新兴国家的联合会，目的是让人们听到他们的声音，而不至于过多地卷入或陷入东西方对抗。

　　一九八〇年铁托的去世引发戏剧性的后果。经过十年的压力积累，一九九一年南斯拉夫这只高压锅爆炸了。斯洛文尼亚和克罗地亚宣布独立，随后是马其顿。一九九二年，波黑战争爆发。族裔清洗开始，最终导致斯雷布雷尼察大屠杀。美国人在一九九五年迫使双方停战，并签署了《代顿协定》。然而，一九九八年，美国人没有阻止塞族人想用武力吞并科索沃的战争。记得一九九九年，我从威尼斯乘船到土耳其，进行我的丝绸之路的第一部分，我看到了从北约舰艇起飞的导弹。科索沃于二〇〇八年宣布独立，在此之前，黑山于二〇〇六年宣布独立。此刻，当我们穿越边界时，由联合国部队脆弱地维持着的和平似乎主宰了这个地区。

斯洛文尼亚共和国。人口 200 万，大部分信奉天主教；独
立：1991 年。2004 年起成为欧洲联盟成员。欧元区。首都：
卢布尔雅那。

在巴尔干行走的第一天，我们穿过的是斯洛文尼亚的一条狭长
地带，它让这个夹在意大利、克罗地亚、匈牙利和奥地利之间的国
家有了出海口。这条"走廊"非常狭窄，早上从的里雅斯特出发，
当晚就能到达克罗地亚，一天之内就能跨越两条边境。

经过漫长的波河河谷和大片平坦的稻田后，矗立在我们面前
的是一道巨大的地质褶皱，它将终止于黑海的边缘。短小而干燥的
山丘像阶梯般一个接着一个。我们宁愿选择这条艰难的路线，而不
走沿海公路——那样会多绕道；或者再往北走，道路将被来自意大
利以及所有被长长的克罗地亚海滩吸引的西欧人堵塞。虽然路很笔
直，但也是非常费体力的。上坡的时候要扯着尤利西斯，下坡的时
候要抓紧它。我们俩忙得手忙脚乱。我们换了国家、文化和海拔。
作为一天的经历，已经非常丰富了。

至于我们跨越两国边境的程序，友好而又乐于助人的海关官员
将手续减少到了最低。我甚至得要求，差不多是坚持，请他们在护
照上盖章。看起来这些公务员对我们的外表相当放心，微笑着示意
我们通过，没有任何手续。

对于和我们相向而行的人，如果成功超过边界就会受到马特奥

和克里斯蒂娜接待的叙利亚、阿富汗和巴勒斯坦人来说，情况就不一样了。在这个二〇一四年，他们的人流数量，与一年后将涌向欧洲尤其是德国的真正难民潮相比，完全微不足道。

九　克罗地亚，鳄鱼的下巴

克罗地亚共和国。人口 430 万，89% 为天主教徒。塞族和穆斯林为少数民族；独立：1991 年。2013 年起成为欧洲联盟成员。非欧元区。货币：库纳。首都：萨格勒布。

此刻，我们真正进入旅途中最困难的部分，有一个问题折磨着我，而我不是唯一担心的人：贝妮蒂克特的膝盖能经受得住长途跋涉吗？而我是否能找到足够的能量走到博斯普鲁斯海峡？

完成了相对较短的行走（因为今天的行程只有三十公里）、草地野餐、过了第二个边境站后，我已经消耗掉身体内最后一点热量。在海拔六百五十米的地方，气温骤降，穿上毛衣也挡不住我的瑟瑟颤抖。在耶洛维采的乡村教堂前，一根连接着小铃铛的长绳从外墙挂到地面。对面，唯一一家旅馆由两个大块头的塞尔维亚人打理着。他们为我们提供的俄罗斯甜菜浓汤里洒了土制的葡萄酒，结束了我的寒战。我们的满意并没有持续多久：洗完澡后，贝妮蒂克特感到膝盖剧烈疼痛。如果可能的话，明天我们就只走十五公里。在里耶卡，要找个医生看看。在的里雅斯特的三天休息显然是不够的。就我而言，左大腿经常感觉到的抽筋又发作了，我不知道我的状况是否比我的同伴更乐观。但是，我们俩的痛苦是有区别的。我的痛苦从一开始就存在，走了几公里后就消失了，而她的膝盖才开始疼。我们真是互补的一对儿。

八点出发，下午一点钟左右我们不得不在一个小村镇上停了下来。因为贝妮蒂克特太痛苦了。我们能做什么？里耶卡离这里大约二十公里，带着针扎似的疼痛行走根本不可能。运气再次向我们微笑。我们向一个女人要水，她发现我们是法国人。她叫来了在院子里骑自行车的十二岁少女。莎拉向我们走来，用我们的语言和我们说话，没有口音。她在法国出生，父亲是塞尔维亚人，母亲是法国人，自从夫妻分开后，她每年夏天都会来和父亲一起度过几个星期。完美的双语，莎拉领我们到了去里耶卡的公交车站。她把我们的要求翻译给司机，司机卖给我们两张票，但拒收欧元。莎拉又带我们去邮局，邮局同意把它们换成当地货币。谢谢你，小姑娘。

里耶卡很狭长，面向大海背靠高山。这是个有着悠久传统的地方。一九二〇年，这个有着漫长而严格的独立经验的城市成为菲乌姆自由国（其意大利语名称），居住着匈牙利人、克罗地亚人和意大利人，这个状态只保持了四年。南斯拉夫王国吞并了它，同时给予它一定的自治权。一九一八年，战争结束时，美国总统威尔逊曾考虑将国际联盟总部设在菲乌姆，但最终选址日内瓦。不顾意大利和法国的施压，铁托彻底干脆地吞并了菲乌姆，菲乌姆失去了意大利名字，而采用了克罗地亚语，叫作里耶卡。

坐在开动的公交车上，我们考虑了三种解决方案。如果贝妮蒂克特只是单纯的肌腱炎，那必须休息整整一周；我将继续独自步行，贝妮蒂克特乘火车在波黑的比哈奇与我会合。如果她被禁止走路但可以骑自行车，那我们就买一辆自行车，继续旅行，她用轮子，我用鞋底。最后一个假设，如果伤势太严重，那就是回家。贝妮蒂克特深感悲哀，我充满了悔恨。以我的经验，我应该缩短维罗纳和帕多瓦之间的第一段路程。当我们在找到贾科莫之前迷路时，我更是错上加错。在非常漫长的旅途中，前几段路的时间必须很短，以免肌肉中的毒素饱和，造成伤害。我每天早上都会做一点慢跑，然后再做一次拉伸运动，保持良好的体态，出发前我也没有错过这个仪式。沉浸在阿维尼翁艺术节旋风中的贝妮蒂克特没有为将要到来的考验做任何身体上的准备。她现在正在为自己缺乏训练和我的缺乏判断力而付出代价。

我们住在青年旅社，但青年旅社只是徒有其名，因为它接待的是像我这样的老人家。贝妮蒂克特试图掩饰她的恼恨，但在我们共同生活的六年里，我第一次看到这个坚强女人的脸颊上有一滴泪水。自从到了意大利，我就很开心地叫她"天然矿泉水"，就像我们在餐桌上点的水一样。她的毅力融合在一种直白的简单中。她轻易就被说服，不要去承担不必要的风险。如果我们回来的时候，她不得不一瘸一拐地扮演《费加罗的婚礼》中的苏珊娜，那我们会有多难堪呢……我知道莎拉·伯恩哈特撑着木腿在舞台上表演，但贝妮蒂克特又不是什么偶像明星。

里耶卡医院的急诊，只能让人放心一半。候诊室是个类似等待奇迹的庭院，所有的人挤在一起的走廊。一位过度劳累的女医生宣布贝妮蒂克特得的是肌腱炎，却没有进一步检查，因为一个血淋淋的女孩被用担架送来。我们没有坚持，贝妮蒂克特的伤势在那些伤员面前显得微不足道。

我提出要陪她度过八天休假，但她拒绝了。大篷车应该继续它的行程。伊拉丽娅和贾科莫决定来克罗地亚的海滩旅游，他们将在下午抵达，但是我没时间等他们了。我决定避免队里有两个伤员，我将会把里耶卡到克里克维尼察的路程花两天走完，而当我们在诺曼底舒适的家中做计划时，只预计了一天。下午两点，瞄了一下地图，我决定不走沿海公路，而是抄最短捷径。说起来容易，可毕竟得先爬到小镇所依托的那座陡峭的小山顶上。从第一米开始，就出现了障碍：一条悬空的道路和一面墙。我决心要通过，和尤利西斯一起攀登。贝妮蒂克特说我疯了，给我搭了人梯。一旦栖息在墙上，我就可以把车吊起来。在和爱人做了最后的告别后，我离开正北方，走向山顶。我大汗淋漓，陡坡无情。有时陡到人们在此挖了台阶，我就粗暴地拉着尤利西斯的长杆，越过每级台阶。当我站在大概是第一百多级台阶时，一个男人主动向我伸出了援手。终于，我登到山顶，向东走，根据地图，我可以重新找到沿海公路。在那里，我从高处坠下，或者说我得避免从高处坠落。在我的脚下，是一道无法逾越的约百米的陡峭悬崖。前面，远处，下面，是我想避开的路。很显然，我所拥有的路线图并没有显示出等高线，障碍物也根本无法被发现。心灰意懒。我冲下台阶，下到马路上，一直走到了青年旅社附近，我的起点。两个小时的努力白费了。我想回到贝妮蒂克特身边，享受我们年轻朋友的来访，但摩羯座……

　　士气低落，我走的是沿海公路，引擎汹涌。沿海一带工业化程度很高，有一个油港，两家船厂，一家修理，另一家造船。远眺小岛视线极好。在近海，克尔克岛（发音为"Krk"）是一个非常重要的岛屿。通过一座优雅而巨大的吊桥与大陆相连。靠左边，就是我刚刚撞上的悬崖，从那里通过的有一条高速公路，一条被高高架起或者说在被凿开的岩石断层间穿行的铁路线。

　　看厌了不间断的车阵，我瞄中了路边种的一棵无花果树，果子已经熟透了。我放下尤利西斯，跳起来想抓住一根树枝，我失手了，脚被小车绊了一下，向后倒在马路上，所幸那一刻路上没有汽车经过。经过这一剧烈的撞跌，我一度认为自己的肩膀脱臼或错位了。幸好，疼痛很快就减弱了，我开始擦拭从受伤的手肘不停流出来的血。出血不止的原因是因为我每天服用阿司匹林来预防中风。再往前走几米，又有一棵无花果树，这一次触手可及，为我提供了甜蜜的盛宴，我毫无怨言地啄食着。

　　下午五点左右，才走了计划路程的一半，我打算在巴卡小村歇息。唯一的旅店已客满。阿夫里姆，一个年轻的餐馆老板想骗我，给我提供招待，价格是旅店房间的两倍，而且要付欧元，这可是一笔不小的横财。我开玩笑地把他要求的价格除以三，他欣然接受了。他对自己做的买卖是那么得意，于是把我介绍给他的父亲尼古拉，他对我这个年龄的人——我比他大十岁——敢这样冒险感到惊讶。的确，如果他模仿我的话，就会失去那让他看不到自己双脚的超级奶油面包一样的大肚腩。

　　从我的房间，我可以看到克尔克和海岸之间的海湾丽景。我花了一个晚上的时间来回顾我们的行走计划。到目前为止，我们比计划晚了一个星期。我复查了所有超过四十公里的日行程，并将其一分为二。我们的目的不是破纪录。但我希望我们至少能到达神话般的萨拉热窝。

　　早晨，海湾里微波粼粼，运动员们在只能容纳一两名划手的弱不禁风的小艇中训练。有一艘较长，有四名桨手和一名舵手。教练员们坐着小汽艇跟随，通过扩音器下达他们的指令。这里太安静了，如果不是一艘巨大的货轮遮住了前面一整片岛屿，这里就像一个瑞士湖。我离开阿夫里姆和尼古拉，两人都为这次相遇感到高兴。一条蜿蜒的小路盘旋到一座高约三百米的山丘。魔鬼通过阿夫里姆的声音在我耳边低语，大清早就去爬这高高的山丘太蠢了，明明沿着海边，穿过船厂，将有一条通道。这个地方被高高的栅栏门包围着，用金属棍锁着，上面有一块牌子，我可以准确无误地翻译成"公众禁入"。一个斯拉夫人，五十岁上下，块头敦实，大腹便便，蓝色的眼睛，金色的胡须，剃着光头，他挡在了我的面前。我拿出我套近乎的招数，几经否认后，他终于用准确的英语告诉我："好吧，不过风险自负。"此刻，我所经过的是矿区，是浸满木炭的大摊黑水坑，停在铁轨上的车皮等待着被吊车卸货，我经过这些庞大的机器下。那里有一个火车站和三个神情厌倦的员工。我以为他们会挡住我的去路，但他们毫无反应。相反，那个貌似负责人的指给我一条近路，还教我用克罗地亚语念茨里克韦尼察，可我转头就忘了。我很担心大栅门被关上了，但它们大大地敞开着。再往前走，左边会有一条小路，或许能让我找到国道和小路。事实上，这条路通往一个建筑工地，里面有大约三十个巨大的钢罐。现场有大型的"禁止吸烟"标志。有些储藏罐会放出在地上爬行的白烟。才刚走了几步，一个人就看到了我，他跳起来用英语对我大喊。这个地方非常危险，充满了爆炸性气体，严禁公众进入。他不是在开玩笑，我可怜兮兮地掉头往回走。我终于设法离开了工业区，爬过了一条顶着铁丝网的沟渠。我现在在通往巴卡班的路上，这个小村庄有五座房子，其中三家是餐馆。在海边，人们把电线杆倾斜四十五度搭建了一个临时的跳水板，上面钉了木板做成平台，边上有钢缆加固。

在路上，我掉进了地狱。这简直是一条高速公路，它通往去克尔克岛的大桥。人行道为行人留出了大约六十厘米的空间，也就是尤利西斯车轮间的宽度。而当一堵边墙将人行道完全移走时，我就更紧张了。我往前走，随时准备着让自己紧贴墙壁、丢弃我的小车而听天由命。直到过了通往小岛的路口，我才松了一口气。我意识到天色已晚，而自己事实上错过了去茨里克韦尼察的路。我坚决不想走回头路，继续绕着海湾走，计算着这条"捷径"将让我多走十几公里。假如我不报告即将登陆的风暴，今天的黑板报就不算完整。我赶紧给尤利西斯盖上防水布。路过的汽车向我喷出水柱，我必须低着头，以免视野被遮蔽。一家带酒吧的加油站为我提供了栖身之所，两个小时里，我看着大雨倾注这个所谓的田园海岸。

茨里克韦尼察是一个海滨度假胜地，游客云集。我花了五十五欧元——在这个国家里是个天文数字——找到了一间水池堵塞、床铺破旧的房间。我的圆珠笔写空了，为了买到一支笔，我不得不进了十几家商店，这些商店卖几百种小玩艺，但没有笔。眼看着快变天了；游客们已经抛弃了海滩，沉浸在购物的乐趣中。经过一个小时的搜索，我最终找到了一支广告圆珠笔，笔身是一面会转动的小旗子，赞美着沿海的餐馆。它的墨水可以用上两天。我挑了一个搭建在附近海滩和一排建筑物之间的帐篷餐厅用餐。没有了与贝妮蒂克特有趣的谈话，我一边记着笔记一边观察四处走动的游客。姑娘们都很漂亮，几乎全是超短打扮，衣服和发型各式各样。她们并不太受杂志的制约，不像在我们国家那样大家打扮得彼此很相像。最幼小的和妈妈一起走。她们中的很多人手里牵着一个男孩。她们看到冰激凌欢呼雀跃，身材却不会受到影响，但不包括那些做了母亲的。虽然克罗地亚也有穆斯林，但除了老太太，我没有看到戴头巾的妇女。男人最引人注目的是他们超大号的体型：巨大的方形块头与隆起的腹部。我静态统计了一下，发现三十岁以上的人中，大约六成有大肚腩，而且他们显然对此很满意。他们走路时弓着背，摆动手臂，以平衡超重的身体。我很少看到年轻的肥胖者。另一个大致统计：二十岁以下的人中，约有四成剃了光头。在酒店里，我发现了贝妮蒂克特的邮件，她在里耶卡的青年旅社正处于抑郁之中。她认为自己的肌腱炎是个人的失败。她一直以为自己比较强壮。我想象着她，我的贝妮蒂克特，精神和身体通常是如此的亢奋，休息五分钟都做不到的她，怎么能想到会有这一天。但她会"利用"休息时间，准备她在秋季上演的戏剧中的角色。可我更喜欢她边走边排练的样子。

在夜里，一场强度罕见的暴风雨爆发了。闪电照亮了沙滩，炸雷声不停歇地接踵而至。很快就断电了。早上，这架大型的游客机器被淹没了，酒店大厅成了池塘，员工们忙着用扫把把水扫到马路上。附近的店铺，淌着的是名副其实的洪流，从山上倾注下来的洪水自后门进入，穿越了整个楼房。员工们看着，克制而无奈。在所有的店铺里，沮丧的老板们都在观察着自己那些漂浮的货物。昨日逛街的游客被这突如其来的景象所震惊，他们在未被淹没的一个小露台上巡游，评论着各自的损失。在酒店里，客人们，尤其是一个退休人员旅游团，焦急地等待着，不知道停电后早餐是否会正常提供。"差不多要等一个小时。"人们说，可他们已经等了两个小时。幸运的是，因为要对尤利西斯进行小修，我昨晚在把所有露营装备都拿到了房间里。要不然我得去电视室的水底摸索它，昨天人们原本把它摆在那里。经理以不能刷信用卡为借口，让我用现金支付五十五欧元。我给他一张一百欧元的钞票。他试图向我解释，考虑到现状，他把房价提高了，不给我找零了。我绝不让步，讨回了我的钱。

出城时，一艘被水冲走的小游船卡在了桥下，一半淹在水中。它的主人绝望而无助地栖息在护栏上，他知道要等退潮后才能估计到损失。我爬了一段山路，到了八号公路的方向，我知道那条路的交通状况很糟糕，但我还能做什么呢？天气变幻莫测。一阵轻风吹起，赶走了云雾。

伴随着好天气，乐观的情绪又回来了，我决定直接过波维莱镇，原计划我该在那里歇息。景观很壮观，山丘陡然落到岩石时隐时现的大海中。对面的克尔克岛光秃秃的，罩了一层泥土的颜色。为了让驾车者清楚地看到我，我穿上了在的里雅斯特买的橙色荧光T恤，这能让我在百米之外就被发现。中午时分，我到达诺维-维诺多尔斯基小镇。令车速减慢的十字路口造成了巨大的交通堵塞，我很荣幸，拉着尤利西斯，带着一点挑衅的笑容，超过了那些之前曾经吓到过我的嚣张的豪华轿车。在小埠头，我吃的午餐叫作"伊特鲁里亚意面"，以那个为我们留下了精美的黄金珠宝的遥远的文明命名。在我身后，两个调情的法国小伙子向漂亮的女服务员示好，她正满意地咕哝着。在一条通往只有微波细沫的海滩的小路上，我睡了个午觉。回到大路不久，我向一个开着露营车的法国人问好，他告诉我，他穿越了这个国家，看到了很多废墟。

我并不感到惊讶，因为我已读过听过有关这些被保留下来的历史暴力的残迹。在纳粹占领期间，许多房屋被占领者报复性地烧毁了。居民们没有在旧房的废墟上重建新房，而是保留了那些废墟，作为他们悲剧经历的哀婉的纪念碑。而我在今后的旅途中将会验证，这种方法在波斯尼亚战争后被重新使用——一幢新房子附近，一片是内战后的废墟，另一片是纳粹制造的废墟，这样的景观是很常见的。

尤利西斯的一只轮胎一命呜呼的时候，我离塞尼还有十四公里，我计划在那里停留。修好车子后，我收到了贝妮蒂克特的长信，她毫不掩饰自己的苦恼。无所作为令她萎靡。她怀疑一切，并给我引用了她咀嚼了很久的尼古拉·布维耶的一句话："你以为自己要去旅行，但很快就成了旅行造就你，或者摧毁你。"我试着让她放心。不，亲爱的，你并没有被摧毁，只是被耽误了点时间……出发的时候，我们以为自己充满力量。在路上，我们衡量着自己的力量。一段旅程是由持续的时间，而不是由横生枝节来评价的。什么时候你曾被考验击败过？我所看到的正好相反，经历了这一切后的我们会更强大。贝妮蒂克特将征服这个困难，可能有点轻率，但我向你保证："我们将一起走进萨拉热窝，手拉着手。"

八月二十二日十一点，我到达塞尼，终于离开克罗地亚海岸，我长长地舒了一口气。我真受不了那些旅游纪念品商店、斥巨资投放而咄咄逼人的品牌广告、文身、汽油或烧焦的柴油味道。过了这个城市，我的路线俨然是斜着往东走。我希望能在那里找到更多的真实和邂逅。我将和贝妮蒂克特重逢，她乘坐里耶卡的公交车，明天将前往波黑的比哈奇，并在那里等我。她情绪相当不错，伤痛消失了，但在计划的休息周结束前，不考虑上路行走。

突袭城市的暴雨炸雷惊醒了我们俩。我慢腾腾地准备着，可雨仍下个不停，我决定冒雨出发。贝妮蒂克特陪我到市中心，在那里我们喝了一杯热饮，因为气温已经下降；然后又是分离。仔细想来，可能正是这分别时的难舍难分，让我再次降低了警惕。路上车流量很大，每辆经过我身边的车都把我从头到脚淋湿一边。周围环境已变化。不再是平坦的海滨小路。我昨晚在地图上看到，我要经过的是接近千米海拔的绵延山峰。我真正地进入了巴尔干山脉。经过一个半小时的痛苦攀登，加上尤利西斯沉得几乎要把我的胳膊扯断，我来到了一个没有任何路标的岔路口。一个自称军人的人告诉我，我根本不在去比哈奇的路上，而是在去克罗地亚首都萨格勒布的方向，萨格勒布在东北，而比哈奇在东边。我的第一反应是，一如既往的不走回头路——我讨厌这样做。不愿承认自己的错误？是不恰当的虚荣心令我觉得走回头路很丢脸，还是骨子里的惰性导致我将错就错地延长了旅途？可以肯定的是，我绝不想在行进时两次经过同一段路。所以，我想继续前行，但是军人很肯定，如果我穿过所有的村庄，肯定会迷路，因为我最终会走进一座没有任何地标的森林。他把我带到附近的一家酒吧，那里的客人们开始集体讨论，每个人都用塞尔维亚和克罗地亚语解释我要做的事情，这对我没有什么帮助。最后，我心灰意冷地接受了回头路。我回去找到了贝妮蒂克特，虽然她为我可惜，她还是很高兴我们意外地获得了一个下午。

在这个国家，儿童非常受宠，被父母和爷爷奶奶轮流照顾。我突然想到，也许这里正在发生和战后法国相同的事情。法国人在四十年代末，特别是五十年代，沉迷于两种激情：生育和家政艺术。我在这里观察到的对消费的渴望似乎证实了这一点。物品和孩子是否能缓解他们记忆中所承受的苦难？

我在看地图，这次是全神贯注。经过奥托卡克，我必须在三天内走完一百一十八公里。这相当不容易，但根据我目前的状态，应该还在我的极限之内。我再次离开贝妮蒂克特，约好三天后天黑之前在比哈奇相见。八月二十三日，我六点钟就起来了，趁着天气凉爽，抓住爬坡的良机。车流稀疏，没有了前几天的柴油和汽油的恶臭，取而代之的是这里怒放的野生百里香的芬芳。出了塞尼不久，我沿着一座公墓走去，这座公墓卡在狭窄的山谷里，至少蜿蜒了五百米。克罗地亚人很舍得为死者花钱。这些纪念碑令人印象深刻，通常由黑色花岗岩制成。四处可见宗教标志。很多司机在后视镜上挂着一串带十字架的念珠。

九点钟，我已攀登了三百一十米。昨天下午我把高度计调到海平面。我停下来吃完香蕉加饼干，在紧接着路过的一家餐厅，我请自己喝了杯卡布奇诺。我曾下决心少喝咖啡，现在却快上瘾了。在荒郊野外，有一座献给奥地利国王斐迪南一世的宏伟的大喷泉。与它相邻的是一座球状屋顶的小教堂。十一点钟，经过四个小时的攀登，我来到山口，我的高度计（同时也是晴雨表、秒表、温度计、罗盘）上显示海拔七百米。显然出于防御而搭建的布满了枪眼的小建筑物，随着时间的推移而崩塌。

下坡的时候，我终于发现了开始重建的克罗地亚的腹地。很多空心砖的房子尚未完工。有一两处的墙看得出被废弃之前已经建了一半。完成了四十公里的路程，包括许多陡峭的爬坡，疲惫的我到达了奥托察茨，我在兼营餐饮的旅馆要了一个房间。两个迷人而健谈的女服务员用英语告诉我第二天可以走的一条小路。早上，当我和她们告别时，她们从柜台里拿出为我准备的一个大三明治和一个水果，而且一分库纳（克罗地亚货币）也不肯收。

出了城，风景有些悲凉。辽阔的休耕田让人感觉这个国家的农民似乎已经放弃了耕种。在路边，两个要去阿尔巴尼亚、在车上睡觉的德国年轻人请我喝了一杯茶。十一点左右，我喝光了随身带的水。我把空水壶给一个正在伺弄花园的男人看。他像所有的斯拉夫人一样是个大块头。我搜肠刮肚地用上了我所有的克罗地亚语词汇：“你好，水，麻烦。”我准备好了与之相配的“hvala”（谢谢），但那人却以一种恼怒的姿态让我到远处打听。这是我游牧生活中第二次被拒水。第一次是在比利牛斯山的一个农场，尽管被法国远足联盟认证为庇护所，但只有租下别墅的人才能喝到他们的水。穷人就该（渴）死，而且我们还得救济一群穷困潦倒的年轻人，农场拒绝给他们的水壶装水，他们身处困境和脱水的危险。

再往前走，有一位老妇人，透过栅栏，我看到她在院子里几平方米的草坪上推着电动割草机。

“你好，水，麻烦。”

她停下机器，打开栅栏，指了指钢制水槽上的水龙头。在我灌水的时候，她夹杂了德语、英语和克罗地亚语，当然是问我从哪里来，要去哪里。

“法国人？”——她带着灿烂的笑容。“咖啡？”

"很荣幸。"

她消失在屋子里，出来的时候身边有一个敦实的小个男人，他一脸真诚，向我伸出手，自我介绍说：尼古拉。在他妻子煮咖啡的时候，他带我去看他养的硕大的兔子。母兔重达五公斤。他还养了鸡和两只羊。他的英语说得很好，当他的妻子鲁姆图里端来咖啡的时候，我们正舒服地坐在树荫下享受着见面的乐趣。尼古拉今年七十岁，是克罗地亚人，退休前是一名电信工程师。鲁姆图里，六十九岁，来自阿尔巴尼亚，她曾是老师。他们有三个孩子：两个在塞尼工作的儿子；一个女儿，是一个小男孩的母亲，住在萨格勒布。时间差不多了，我开始告辞，他们飞快地商量了一下，建议我和他们一起吃午饭。我欣然接受。提供一杯水或一杯咖啡是一种慷慨的行为，但提供一顿饭则是另一回事。这不仅是打开家门，也是分享某种亲密关系。这说明大家愿意在交流中走得更远，因为分享食物能打开胃口，也能打开心扉。

当鲁姆图里消失在厨房的时候，尼古拉带我去看他在院子一角设立的小型工作室。他自豪地向我展示了他制作的烤箱，用从旧洗衣机上回收的发动机运行的烤肉铁叉。我放声大笑，我也回收过洗衣机上的发动机，做了一个磨具，用来磨工具。对物品满怀温柔到给予它们第二次生命——我喜欢这样的男人。

饭菜做好后，我正准备按照这里的习惯脱鞋进屋，尼古拉拦住了我。我们在一个漂亮的客厅里安顿下来。他们打开电视，以此款待我。他们用问题轰炸着我，由于他们的英语不是很完整，我们就用大大的手势来补充。他们是那么喜出望外。鲁姆图里带着小女孩的笑容，整个人都散发着动人的甜美。尼古拉会三个法语单词，并骄傲地用法语请我"坐下"。然后他问我是否在"油管"上。我不知道这到底是什么。他插上电脑，输入我的名字。我惊奇地发现，很多可能是电视采访时拍出来的片段，让我目瞪口呆的是甚至还有一些我自己拍的东西，不知怎么也会出现在网络上。

鲁姆图里把菜摆在桌子上：鸡肉、香肠、红甜菜、薯条、黄瓜和一个蛋糕，还有必不可少的贝雷克，我非常喜欢的三角形小馅饼。让我非常奇怪的是，只有两套餐具。我建议鲁姆图里和我们一起吃饭，但他俩却连连摆手，我的女东道主坐在扶手椅上看她的土耳其肥皂剧。我们谈论着天气，谈论即将到来的秋天，尤其是冬天。雪从十一月初开始，下到全国交通瘫痪。尼古拉向我展示了他储备的大量木柴，以及清理房屋和附属建筑之间通道的大铲子。我离开的时候，心被这美丽的邂逅所充实，为他们的热情好客、慷慨大方和高尚的心灵所感动。他们将是我最美好的克罗地亚记忆。当我离开他们时，他们把我像儿子一样拥抱在怀里，尽管他们比我还小八岁。他们收养了我。

弗尔霍温是一个大镇，最高的房子建在海拔七百五十米的高度。一座纪念碑列出了一九四四年在法西斯恐怖中被杀害的一百三十三人的名字。不久之后，我进入了被联合国教科文组织列为世界遗产的普利特维采湖国家公园，其中包括一个冬季运动胜地。我离开公路，从一条狭窄的小路进入森林，在那里遇到熊的概率高于遇到卡车。蜿蜒的激流制造的柔和音乐，比国道上发动机的轰鸣声悦耳多了。终于能够自由呼吸了。一件艺术作品，出现在某个拐弯处：一栋可爱的森林别墅，让我这个爱修修弄弄的人从各个角度打探。木构件用木钉精确地组装在一起。我敢打赌，在这个建筑中，没有一枚铁钉，其屋顶的栗木瓦不是锯开的，而是去了皮，和板砖一样好用。

　　普利特维采-列斯科瓦茨是一个迷失在森林中的小村庄。我数了数，在我顺着走的小河两边，完整的房子不过六七栋，数量与荒废的房屋相等。现在是下午五点半，从早上走到现在，我想尽最快速度靠近波斯尼亚的边界。但我必须避免在森林中迷失方向，因为光亮正在消失。一家人正在屋前乘凉。索尼亚，一个英语说得很好的小姑娘，为我翻译了她父母给我指点的路。下一家旅馆在十公里外，他们告诉我，现在都客满了。所以，我决定慎重从事。他们建议在附近的田野上给我提供了一块地方，让我搭帐篷，并且强调是"免费"的。于是，吃过晚饭的我和索尼亚聊起了天，打听村里那几十间废弃的房子。这样的房子，两天来随处可见。有的已经坍塌了一半。索尼亚向我解释说，矛盾的是，造成废墟坍塌的不是武装对抗，而是恐惧。随着南斯拉夫军队（主要是塞族人）和克罗地亚军队之间的战争威胁越来越大，双方都告诉人们，他们必须离开，否则就会有生命危险。大规模的逃亡将村庄清空，随之而来的是对空房子的洗劫。许多人去了欧洲和美国。回来的人很少。偶尔有些夫妇会回到他们幸存的房子里度假，他们的子女却彻底地翻过了这一页历史，忘记了自己的祖国。对于那些留下来的人，比如像就读环境专业的大学生索尼亚，由于这里的失业率很高，几乎没有其他选择，只能离开这里去城市，甚至和已经在国外的家人一起流亡。

　　日出时分，我离开了普利特维采-列斯科瓦茨，离开了它空荡荡的房子，也离开了整夜安抚我的小溪流。穿越森林让我陶醉。这是一座由巨大的山毛榉建成的大教堂，其中一些山毛榉高达三十米。很明显，自从那场以克罗地亚建国为结局的战争以来，也就是说，二十三年以来，这片森林一直没有被开发过。在陡峭的地方，道路变成了曲折的石径。温柔的晨光从高高的山毛榉树叶间透出来，让我忘记了冰冷的昨夜，帐篷的帆布上面被晨露浸湿，下面被冷凝水浸湿。在一家小酒馆里，我希望在空腹走了二十公里后能吃到东西，可他们只卖——咖啡。

只能希望在边境上找到食物维持我的体力，但希望又一次落空。边防哨所是一个相当优雅、用钢索固定的高架建筑。在巨大的圆形屋顶下，间隔二十米左右，是克罗地亚和波斯尼亚两个哨所，海关人员被安置在玻璃舱内，就像在高速公路收费处看到的那样。克罗地亚海关官员是一位美丽的微笑着的金发美女，但波斯尼亚警察的外形和友好程度就像一头熊。他哼哼唧唧地给我的护照盖章，装作没有听到我用英语问候，这样他就不必回答。

我正在进入波黑，最严重最令人发指的"种族清洗"暴行就发生在这个巴尔干国家。

3. 九月二日，波斯尼亚中部，雅伊采

第一个震撼：波斯尼亚是东方的奥弗涅①。在森林覆盖的绝妙山景中，脱颖而出的是清真寺的宣礼塔，边上是东正教的圆穹教堂或天主教的钟楼。

第二个震撼：子弹或炮弹的冲击似乎就在昨天，残破的阳台令许多城镇的建筑物外墙丑陋变形。

第三个震撼出现在我们已经走了五天通往萨拉热窝的路上：提醒雷区的招牌，为一九四〇年和一九九二年战争死难者所立的纪念碑，可能是被手榴弹烧毁的房屋。旁边是一栋新房，建得很匆忙，用的是没有涂层的轻质砖。欧洲送来的礼物，让人们忘记它的无力？

某种意义上这是一条墓道，它美丽的风景有时会让我们忘记，二十年后，战争并不遥远。

在这些地区，除了住在汽车里的人外，我们已经三天没有看到一个活人了，纯净的夜空向我们展示群星闪烁的惊人景象。这是露营之夜上苍给予的礼物，当我们不情愿地从睡袋里钻出来撒尿时。可我们不会为此耽搁，星空下很冷啊！

我们对语言的无知使我们无法与农民或牧羊人交谈，但他们对

---

① 奥弗涅（Auvergne），位于法国中部的一个地区。

我们的问候报以坦率、密集和快乐的微笑，使我们充满了喜悦，就像那些鼓励我们的汽车喇叭声和卡车司机面对我们这个奇怪团队表现的惊讶一样。在镇上，我们用德语、英语和刚刚学会的几句塞尔维亚-波斯尼亚-克罗地亚语进行交流。这个在三种宗教和三种文化之间徘徊的小国的居民很有魅力。但警惕仍是天经地义的事。战争过后三年，这种怀疑可能会少一点。当我们要求给水壶装水时，人们把我们挡在门口，却用长长的目光伴随我们的离开……

这里的男人都很有"型"。面有愠色，愁眉苦脸，或扁平，或方正，毛茸茸，粗糙，饱满，鼻子像沟壑或下巴像护栏。千张写生肖像。

而妇女们则身材苗条，只是农妇被田间的劳作压得喘不过气，她们还在田间用木叉收干草。

长发很少扎起的女孩子们，往往都有一双美腿，配上翘臀，紧贴着褪色的牛仔裤。她们很听话也很害羞。什么是她们的梦想？

这里的惊喜是路上车很少。我们在这里感到安全。而且因为周围还躺着地雷，所以不存在即兴发挥的问题，何况谷歌地图指引我们的（是的，没有谷歌我们怎么活……）有时也是布满荆棘的道路，所以我们也懒得动脑筋去寻找贝尔纳喜欢的捷径，我们沿着大路走。

九月一日凌晨就开始下雨了，气温从三十度降到了……十四度。季节轮番上阵！

膝盖上的肌腱炎迫使我魂不守舍地在里耶卡停了八天，而贝尔纳却陆陆续续从一个城市掠过另一个城市。走了二十公里后，疼痛又来了。我很伤心，但我决定不理会它。这样也不错。好歹我们不是坐着火车到达伊斯坦布尔！但我们仍然打算减短路程。

贝尔纳表现得像个年轻人，像他一贯的那样，哪怕那被他不齿的左大腿的疼痛，都会让他想起美好的回忆。这个人真是太神奇了！我已经知道了，你也知道了，但现在我确认，我重申！明天就是我们在卢瓦尔河畔相见的六周年了，他仿佛刚刚从独木舟上岸，颤抖着，微笑着。

路上的考验（因为这也是考验之一）让我们前所未有地凝聚在一起。

萨拉热窝，下一个重要约会！

十 小心，地雷！

波黑（波斯尼亚和黑塞哥维那）。人口380万。穆斯林46%，东正教徒36%，天主教徒15%。独立：1995年（代顿协定）。非欧洲联盟成员。非欧元区，货币：马克。首都：萨拉热窝。

过了边境仅五公里，我就同时看到了一家餐馆的招牌和第一座纤细的尖塔，尖塔上配备了常用的扩音器，可以让宣礼师不用爬到塔顶就可以一天五次发出祈祷的召唤。我的肚子已经饱了，倦意渐浓。我必须要休息一下，晾晒我的露营装备，从今天早上开始，它们就一直浸泡在包里。在一道斜坡上，我摊开帆布和"肉皮囊"，徒劳地想打个盹——太紧张，太累了——我睡不着。当我再次出发时，打算无论如何在天黑前到达，于是以每小时六公里以上的速度行走。我被善良而好奇的人们拦下了三四次，打听我从哪里来，要到哪里去。到达比哈奇时，我走了十一小时，四十多公里，过了三个山口，非常疲惫。我对自己说，得时不时地提醒一下自己毕竟七十六岁了。我向比哈奇的桥头走去，我本该在那里和贝妮蒂克特见面，却听到她的声音从街对面的人行道上传过来。她走过来和我会合。幸福，紧紧拥抱。她随后就对我说，无论发生什么，她想马上就出发。她再也无法忍受什么都不做。可是她还得再等二十四小时，因为轮到我充电了，尤其是我左大腿的老毛病又犯了，剧烈的疼痛让我不得不停下来伸筋舒展。

她从一位体贴的老太太那里租了一间房，我一到，她就请我们喝咖啡，并配上甜甜圈。第二天，她又重复了一遍，但当我们离开时，她递给我们的是一张有许多"小额外消费"的账单，把我们逗笑了。没有什么是免费的，尤其是对这些被认为钱包很鼓的西方人。晚上，作为二〇一四年比哈奇节的一部分，有一个音乐会。地方色彩浓郁；音乐会前，所有政治人物的发言花了一个小时。我们什么都不懂。舞台前面一字排开七把手风琴，隆隆的鼾声充满了空气，根本听不到后面的弦乐器。五六个歌手相继登场。他们年过四十，有两个六十多岁。这与观众的年龄很和谐，在这里我似乎还算年轻人。没有青少年。晚些时候，我们将在回房东太太的路上遇到在街上的他们。

穆斯林占百分之六十的比哈奇，以坚韧著称。奥匈帝国的军队曾经不得不围城近一个月才令城里的人投降。在一九三九年至一九四五年的战争中，"比哈奇共和国"又抵制德国和意大利占领者。在"种族清洗"期间，尽管塞族人发动了攻击，但庇护了近二十万穆斯林的比哈奇绝不肯低头。克罗地亚军队发动攻势，向被围困者伸出援助之手，缓解了局势。我们颇为惊讶地看到，清真寺的数量显示出穆斯林的强大存在，但是，在大街上，如何区分穆斯林和其他居民？塞族人、克族人或波斯尼亚人的狙击手怎么可能在扣动扳机的时候知道他瞄准的是谁？两个邻族，极可能祖先相同，但其中之一改变了信仰，如何这般自相残杀？而且就信仰而言，两边都有改宗者，这得看占领军主张的是十字架还是新月形，而当新一轮的王子凯旋时，又必然得改变宗教。

八月二十八日，我们走的是一次老年人远足。前一晚，埋头研究手中糟糕的地图，我们将最初设计的比哈奇至波斯尼亚彼得罗瓦茨路线一分为二。我们会在一个十八公里外的小村庄——里帕过夜。担心自己有走得太快的倾向，我让贝妮蒂克特带路，如果膝盖疼，就必须放慢速度或停下来。

死亡无处不在。在一个小村庄里，一座布满子弹的房子附近，有一块小纪念碑：一九九二年，十二人死亡，一九九三年，三人死亡，一九九四年，两人死亡。所有的名字都是穆斯林。一九九六年，五人死亡，其中包括三名妇女。然而，要求双方停战的《代顿协定》一九九五年十二月就已经签署。

出发十公里后，我们在地图上发现了一条小路，这条小路为我们提供了一条去往里帕的捷径。我俩便欢快地上路了。这是一条朴实、狭窄的沥青路，没有任何房屋。我们怀着喜悦的心情走在这条路上，互相诉说着被迫分离时的发现。只有两辆卡车迫使我们靠边让路。走了四五公里后，我们被一股可怕的气味惊动了。它是一个巨大的露天垃圾场，周围有铁丝网。几十只野狗住在那里，以垃圾为食。小狗们冲向我们，乞求亲热或食物。我们屏住呼吸加快步伐。沥青路变成了石子路，然后全是杂草，分成两条，一条向北，一条向东。我走上了右边的路，还是根据我的地图，这条路应该通往里帕的二级公路，也就是我们的目标。我走了几百米后停下了，由于植被太过茂密，行走变得不可能了。忽然间，我心生恐惧。波斯尼亚全境有数百公顷隐蔽的雷区，我们看到过几个宣布雷区的标牌。当初的前线到处都埋下了这些致命的武器。如果地图上标示的道路在地面上已经不存在了，可能是因为它被埋了雷。我所做的一切简直是疯狂。何况，我还看过旅游指南，其中强烈建议我们除非被当地人允许，否则千万不要偏离道路。我们在树林里，没有人会指点我们。我回过头来，一边掩饰我的紧张一边命令贝妮蒂克特（后来她告诉我当时的声音变得与平时不同），叫她远远地走在我身后，至少相隔二十米远。她似乎没有听懂我说的话，但是照办了。我越往前走越忐忑不安，每走一步都等待着要人命的地雷爆炸把我撕成碎片。我继续愚蠢地往前，始终被自己倔强的不走回头路的态度所驱使。我希望最终能找到一条路将我们带上大路。最后，密密匝匝的植物替我做了决定，小路已完全消失，我们已没有任何地标。我们将不得不吞下耻辱，掉头走回到大路上。我停了下来，恐惧和愤怒令我动弹不得。我转向贝妮蒂克特。

"我们得回到分岔路口，和地图上指出的相反，这条路没有出口。"

"这条了不起的捷径有多长？"

"我估计有四五公里。我们还得再走一遍。"

所以，我们不是走了十八公里，而是要走二十八公里。作为一次短途远足，算是成功了。但谁能预料到，地图上指得很清楚，路线很清晰地画在纸上……

"不过，对了，"过了一会儿，妻子问道，"你为什么要让我走在你后面那么远？这不是你的习惯，除了在路上……"

"我想起地雷的时候已经晚了。没有必要把我们两个人都变成独脚人。"

"什么！你打算独自去死吗？但我们说好了，要么一起死要么一个也不能死。不要忘了这一点"。

哦，我忘了。我保证。

在没有人迹的杜波夫斯科，仔细检查了屋檐下没有可疑物品后，我们在一幢建了一半被放弃的房子后面支起帐篷。我们小心不进到房内，因为很多废弃的房子都埋了地雷。夜幕降临了，远离灯光，在这样的海拔高度，天空成了星际奇观。

沃托塞是一个真假难辨的传统村落。人们向我们吹嘘这个地方，一口咬定那里的接待质量和能力非常棒，我们绝对能在那里找到床位。那是些散落在林区的小别墅。中心是一栋传统的房子，石头砌的底层。一楼是一个长方形的大房间，通过二十四扇窗子采光，每边六扇。这是我在亚洲，特别是在土耳其中部，经常看到的砖石帐篷的概念。可惜，全客满了。我和厄米娜套近乎，她是一个英语说得相当好的员工，我正试图说服她，我们实在走不动了。正如我们所担心的那样，我俩的腿伤都苏醒了，到达这里的时候情况已相当糟糕。厄米娜答应尽量想办法解决。半小时后，她带着一个男孩回来了，并向我们介绍：大卫，老板的儿子。他的父母送给他一栋房子，一座可爱的小木屋，在不远处的大树下。它是一种用榫卯组装起来的结构，就像美国西部的先驱者在只有一把斧头的情况下盖的房子。大卫愿意把他的私人宫殿租给我们，价格由厄米娜协商，每晚十欧元。我们于是在这间十二平方米左右的小屋里安顿下来。这里提供的食物基本是肉类，主要是烤肉。波斯尼亚是一个巨大的烧烤场，烤一只羊或一头猪，则取决于我们是在穆斯林还是基督教的土地上。蔬菜很少，没有汤。这并不很适应步行者的肠胃，我们还是得凑合着吃。

刚在餐桌前坐下，一个男人走过来问我们："你们是法国人吗？"祖基奇带着浓重的口音讲一口流利的法语。他很高兴遇到我们，开始讲述他的故事。年轻时，他在法国南特工作。他在那里有自己的事业，和周围的人相处也很好，他说他在公司很受欢迎。他和一个法国女人结了婚，有两个女儿，他现在有时还会去看她们。退休后他回到自己的故乡，很快意识到，在法国他只是一个经济能力有限的普通退休人员，而在这里，巨大的汇率差异让他过上了豪华的生活。与法国妻子离婚后，他现在与一个波斯尼亚女人同居。

离开时，我们走得很慢，两个人都拖着脚步。风景秀丽。茫茫林海，浑圆的山丘。第一批发黄的树叶，已经宣布了秋天的到来。走在我前面读着台词的贝妮蒂克特突然停下脚步，转过身来，在恐惧和希望之间："你觉得我们能到伊斯坦布尔吗？"怎么说呢？在我一个人走过的路程中，除了那天在戈壁沙漠中接到门槛协会的坏消息时我曾决定放弃外，我从来没有问过自己这样的问题。精力会在每个早上恢复，然后继续前进。但今天呢？明显，两个人一起走，放弃的风险也增加了一倍。而且我感觉到贝妮蒂克特很担心，怕自己成为我这个不达目的不罢休的伟大远行者的负担。她想错了。我已打定主意，如果她不得不再次停止行走，那我就陪她停止。毕竟，我没有她那么高的积极性。是她梦寐以求和心爱的男人一起走过这段路，这给了我出发的欲望。我一个人是不会产生这个念头的，况且就徒步而言，我也不需要证明什么。此外，虽然我完全爱着贝妮蒂克特，幸福着她的幸福，但双人行不是我的风格。我很久以后才告诉我的爱人，在她不得不休息的那个星期，我是多么享受一个人的行走。我又找到了十五年前带我到孔波斯特拉或西安的感觉和乐趣。而我再次确认，孤独的旅程让与尼古拉和鲁姆图里这样的相遇机会倍增。我喜欢这些灵魂相互触摸的一见倾心，友谊在这里诞生，即使没有明天，也许正是因为没有明天，才会成为旅途的燃料。从里昂开始，我已确定，双人行的形式让与当地居民的接触几乎不可能。这其中当然我们也有责任。我们没有投入必要的时间来学习我们所跨越的国家的语言。从旅游指南提供的词汇里寻找灵感，如"晚上街上很吵吗"或"哪里可以找到加油站"，贝妮蒂克特负责了大部分的交流。就我而言，由于年纪大了记忆力不好，我只能和说英语或法语的人交流，而我粗通的西班牙语在这里又派不上用场。

但贝妮蒂克特并不是唯一担心身体的人。我自己呢，能不能调动自己的身体和精力？自从我们从里昂启程，我衡量着六十岁后体能的明显下降。恢复体能需要更多的时间，左大腿的疼痛也没有减轻，而在以前，几天后疼痛就会消失。为了和贝妮蒂克特会合而走的三十五到四十五公里的路段，对我是个考验，而当年在亚洲行走时，它们是我每天最低的限量。而且，当下午结束的时候，我渴望的是一张床而不是帐篷。我有点生锈，有点讲究舒适了。

我，我们会走到终点吗？我现在还没有一点概念。

十一　巴尔干半岛：仇恨之后

　　我们西欧能否给巴尔干地区饱受战争、宗教冲突和贫困折磨的人民带来繁荣和幸福？这个问题在第一个月的旅程结束后仍然没有答案。当然，房屋正在得到修复，而且随处有招牌表明，欧洲联盟以及明爱组织之类的国际基金会为重建这些房屋提供了资金。但人情味呢？政治意愿呢？在这里发生的残暴战争中，欧盟的作用并不突出。在反对可恶的"种族清洗"方面——我们沿途数着基督徒和穆斯林的坟墓，计算着受害者——欧盟做了些什么呢？得靠美国拍板、《代顿协定》和北约的军事实力，和平才得以实现。欧洲充其量只在其中扮演了次要角色。由此我们可以看出，只要欧洲的统一局限于商业性、自由市场和局部货币化，它就仍然无力结束冲突，平息仇恨。金钱从来就不是民族之间的纽带。相反，它最常导致的是不和谐。解决之道只能来自真正的政治联盟和教育。

　　是的，现在这些国家内部和国家之间都有行动自由。但是，一个国家加入联盟，并不足以让所有的隔阂消失。语言、文化、宗教和习俗仍然是障碍。仇恨仍未熄灭。最重要的是，每个人都知道克罗地亚和塞尔维亚军队曾如何作战，与其说是他们彼此对抗，不如说对抗的是手无寸铁的平民。领地必须要"清理"。这些灵魂和身体的裂痕不是简单的道歉就能抹去的。

　　八月三十一日，我们走了四十一公里，来完成这段在地图上标明为三十五公里的路。在一块面向波斯尼亚与塞尔维亚共和国交界处的山间草地上，先野餐后午睡，我们重新振奋起来。贝妮蒂克特一瘸一拐，才上路，发炎的膝盖就让她痛苦不堪。她让我削了一根棍子，拄着它，走完了全程。一路上，在邻近的田地里，农民们用镰刀割草，摞起的干草中间支着用来加固草垛的杆子。

在克卢日，我们寻找"红苹果"——来自南特的波斯尼亚人祖基奇向我们推荐的旅馆。但是没找到，或者说不存在了。当一个明显喝醉的人踉踉跄跄地过来的时候，我们在附近已经转悠了好一会儿。我们设法用德语—塞尔维亚语—克罗地亚语的欢快混搭来交流。他用德语建议"跟我来"。他喝多了，我们太累了，一个古怪的团队出发了，跌跌撞撞地到了汽车站。他给我们介绍了一位迷人的女主人，我们向她租了一间小公寓。那个女人的笑容像孩子一样可爱。她的德语说得很好，这是她在瑞士学的。像其他孩子一样，她被父母亲送到那个安全的地方以免受内战暴行。在那段可怕的时期，好几个欧洲国家接收了许多来自巴尔干的难民，包括儿童和成人。

考虑到贝妮蒂克特的膝盖状况，明天的路段我打算乘车前往，这次我们将一起行动，不再考虑一个人走的苦旅。这天早上，汽车站边上的广场上有很多青少年。这是开学的第一天。女生们都很漂亮，有一双绿色或蓝色的清澈眼睛，男生们几乎都是最新的发型打扮：两边的头发被剃去，头顶是茂盛的头发。我又一次想知道如何区分波斯尼亚穆斯林和波斯尼亚基督徒？没有任何宗教标志区分这些孩子。而时尚，这台碾碎个性的压路机，让他们看起来都很相像。一个巨大的穆斯林墓地向我们证实了这里信奉安拉的人占了大多数。

这次小小的作弊得到天气预报和贝妮蒂克特的赞同。大巴车刚出城，风景就被暴雨遮住了。这条路攀升到海拔八百多米，我想象着我们原本至少要在冻雨中爬行三个小时。

在贾伊斯，科德·阿西玛餐馆坐落在一栋传统老屋里，木质的装饰令人赞叹。我在食物方面不是很冒险，遂点了一道牛肉浓汤；贝妮蒂克特则用贪婪的手指指向菜单上一道她完全没有概念的菜。这道"巴扬基·洛纳克"是盛在陶器中的浓味蔬菜炖肉块。晚餐以极甜的果仁蜜饼结束。外面大雨倾注。我们没有在寒风冷雨中露营，而是睡在普利瓦河河畔的青年旅社，温暖而干燥。这条河贯穿小城，再往下一点，它流入坐落于弗尔巴斯市中心约三十米的大瀑布。第二天，雨还在继续。我们决定乘车去特拉夫尼克，而不是在洪水中与四十五公里的行程搏斗。我大着胆子耍了个小心眼，对贝妮蒂克特解释说，如果找不到住宿，在帐篷里很难治疗肌腱炎。

我们贪婪地享受着远离居家生活和日常烦恼的乐趣。这里没有国际新闻；除了法国八月的气候和这里同样糟糕外，我们根本看不懂餐厅里无处不在的电视。让我们非常惊讶的是，WiFi 随处可见，而且免费。我通过手机获得世界各地的消息：法国政府班子重组，苏格兰准备公投……还有，唉，伊拉克特别是叙利亚的战争。二〇一〇年，我们曾有机会在这个美好国家的东部游行。斋月中，居民的善良和出色的待客之道至今仍记忆犹新，而新闻却把我们送回野蛮的斗争中，带着这个揪心的问题：那些我们认识的人们现在怎么样了？

在奥斯曼入侵前，贾伊斯和特拉夫尼克是大城市。然后奥匈帝国占领了该地。当然，每支军队都试图强行推广自己的宗教。第一次世界大战后，特拉夫尼克重新获得重要地位，但一九三九年至一九四五年的战争伤亡惨重。一九四三年，领导抵抗纳粹的铁托曾在这里短暂停留。南斯拉夫解体时，城里的穆斯林和波斯尼亚克族人一样多，还有少数波斯尼亚塞族人。此后，民族战争横行。这一点从满是弹孔的房屋外墙可以看出。在市中心，一座笼罩在清真寺阴影下的战争纪念碑上，仅一九九二年和一九九三年就有两百多个基督徒的名字。战后，波斯尼亚塞族人离开了。留下的唯有亡者。在这座城市里，我们发现穆斯林和基督教的两个公墓。

二〇〇八年我在卢瓦尔河上漂流时，如果从独木舟上下来的时候没有遇到贝妮蒂克特，那么九月三日将和其他的每个日子一样普通。和不少人那样，她提出可以让我留宿。不到一年，她来到诺曼底，与我一起生活，共享家园。六年来，我们一直保持着宁静而强烈的爱情，没有丝毫的阴霾。我们的关系就像我们的旅程：义无反顾，以稳定的步伐前进。如果幸福值得庆祝，我们应该庆祝在一起的每一天，因为和贝妮蒂克特一起的生活就像沉浸于完满中。从相遇的那一刻起，我们就敞开了灵魂，没有伪装，没有一个人想把自己强加给对方。这个温柔又有才华的女人每天都给我惊喜。我喜欢她那张早早刻上了表情纹的脸，喜欢她那双灵活而勤劳的手，喜欢她做任何事情都精力充沛。她的位置在我身边，而我的位置自然在她身边。我们总是在这美好的和谐中步调一致地走着。

在特拉夫尼克，我们买了毛衣，因为我们不得不在去年八月在波河平原远足时买的超轻型帐篷中露营。何况在路上也不可能更换装备。寒湿透骨。我们听说波斯尼亚北部发生了灾难性的洪水，道路中断，山体滑坡。重新上路的时候，我们一度非常担心恶劣的天气，但真正的困难来自同时通往萨拉热窝和大工业城市泽尼察的道路上那地狱般密集的交通。这条路很窄。你要注意前后左右，当两辆卡车互相通过时，我们必须停步靠边，因为没有留给行人的空隙。今天要走的距离将是二十五公里。贝妮蒂克特的膝盖能坚持住吗？从第二十公里开始，疼痛发作了。不过她会挺住的。

人们说，在布索瓦卡大镇能找到住宿。可这是怎样的住宿啊！蒂萨酒店是旧政权所追求的那种疯狂的宏伟风格，我在中亚也曾遇到过不少类似标本。地方暴君以他们膨胀的自我来确定酒店规模。这里有七十五个房间，一个为六百五十人设计的餐厅……而我们是唯一的客人。我们认为自己微不足道的胃口不值得启动庞大的厨房。市区随便一家餐厅里的一碗汤就能让我俩恢复活力。当我们回到蒂萨酒店时，我的一只耳朵剧烈疼痛。一个正要关门、英语流利的药剂师，给我配了滴耳液、抗生素和止痛药。是否应该惊慌失措？说到医患关系，他有句话说得很好："只要听从你自己和你的马就行了。"在酒店的卫生间里，可能因为洪水的原因，我们不能洗澡，水龙头吐着黑色的水。

地图显示萨拉热窝在六十公里开外。没有什么是肯定的，因为一块路牌又承诺它在九十三公里之外。该相信谁呢？像每天一样，路两旁都是刻着年份的坟墓。这里有第二次世界大战的受害者、九十年代民族战争的受害者，现在还有那些路上的遇难者。每一个致命的意外都会留下持续时间长短不等的建筑：刻有一个或多个名字的石柱、人造花、小纪念碑。这条路没有种族歧视：我们发现，穆斯林和基督徒的名字差不多一样多。

在往基塞尔雅克方向走了一个多小时后，从道路边延伸出去的空地上传来一个简短的邀请："咖啡？"咖啡，当然好，谁会拒绝咖啡呢。这人身材高大，面容宽厚，笑容可掬，五十上下，顶着稀少的几根金发。一副用绳子连接的眼镜挂在他的红毛衣上。在他的身后，有一家五金加工厂，名字写在墙面上：Metalex。院子里，两个年轻人正在处理废旧金属。那人自我介绍名叫霍默。他建议我们放下尤利西斯，带着我们来到车间前，在那里，他在一个工人的帮助下，在阳光下摆上一张桌子和几把椅子。一张奇特的泡沫制成的扶手椅，用大胶带捆绑起来，事实证明坐起来非常舒适。主人用热情和快乐的关注包围着我们，很高兴接待我们这些来自遥远地方的怪人。贝妮蒂克特，也来一杯咖啡？不，茶。霍默也有。他用德语问我们问题。当我们宣布伊斯坦布尔为我们的最终目的地时，他举起双臂仰天大笑。他的四名员工也加入了聚会，停止工作，与我们分享咖啡。这种咖啡，无论多么普通，滋味都是无可比拟的。这是相遇的味道。唉，我们各自的德语知识都比较有限，但我有一个想法，动手修理能让我们更具体地密切配合。我给霍默看了固定尤利西斯一个轮子的螺纹杆。太长了，撞了太多的障碍物后，有点扭曲。应该把它锯短一点。不需要翻译。五位机械师看了看杆子，已经明白了一切。霍默和他的队员们开始工作了。一个拉开电线圈，另一个拿来电锯，其他人一边详细分析我们的古怪小车，一边提出了自己的看法。几分钟后，金属杆部就被切开，然后锉平。当然，当我提出要给钱的时候，霍默大笑起来。留个纪念照，与沾满油污的勤劳的手相互紧握，他们重新开始干活，我们继续上路。这个公司的氛围散发着共同工作的乐趣，霍默将这种乐趣传递给最大年龄才三十岁的年轻员工，他们似乎非常乐意在这里、在他的陪伴下学习。

即使厚重的云层继续撞向山坡，像霍默这样的笑容也足以让我们的日子明亮起来。但在布列斯托夫斯科小村，另一场美丽的邂逅在等待着我们。约瑟芬娜，回应我们的"下午好"，对我们的装备非常好奇，止住了我们的脚步。她看上去六十岁上下，身材庞大，硕大的前胸，孩子般的笑容。问我们从哪里来？"法国"这个词让她欢喜不已，但她还想知道更多，贝妮蒂克特和我的年龄，我们是否结婚，是否有孩子……发现我们相差二十八岁，她伴随着回答做了一个手势，我可以无误地翻译成"好吧，我的妈呀……"，她的眼睛笑了。她把我们推向隔壁的咖啡馆。谈话重新开始，一点法语，一点英语，一点德语，其余用波斯尼亚语。约瑟芬娜今年六十一岁，有三个孩子，都是糖尿病患者，就像她已经去世的丈夫一样。退休后的她，每月有两百欧元的收入。但她坚持要付咖啡钱，还要送给我们很多食物和礼物。我们只能用无力的道歉来婉拒。约瑟芬娜不以为然，心疼地抱着贝妮蒂克特。在我的笔记本上，她认真地用大写字母写下了自己的姓名、地址和电话号码。霍默是穆斯林，约瑟芬娜是基督徒：心扉一样地敞开。

再次看到穆斯林和基督教村落交替出现。有的地方，清真寺空无一人：有的地方，教堂门前长满了草。可恶的"种族清洗"为此地实施了大手术。在穆斯林村落中，除了个别老太太外，没有妇女蒙面纱，甚至连简单的头巾都没有。很多铺子专营赌博，大众的鸦片。男人们满怀激情地参与其中。他们眼睛盯着屏幕，填写很快就会被扔到地上的彩票。在基塞尔雅克，一个被疯狂的骚动所攫取的年轻人死死盯着他的电脑，他向我们解释，他正在为刚果民主共和国的一家公司写游戏程序。他写的程序目的在于永远得让机器赢。在他和这些程序之间，他那飞快而含糊不清的发音让人搞不清哪个更疯狂。

当我们接近萨拉热窝时，一个男人举起手臂表示友好。他外套的另一只袖子是空的。远处，雨势加倍，一只举着扫雨刷的手臂从车窗里伸了出来，疯狂地摆动着，让盲目的司机不至于掉进沟里。欢迎来到伤痕累累又擅长摆脱困境的国度，来到文化无法阻止仇恨的神话之城。

十二　萨拉热窝的玫瑰

九月六日，我们进入萨拉热窝，不无自豪感，因为我们克服了种种考验，信守了我们彼此之间的承诺，我们将手拉着手，一起走进这座城市。有些城市，光是名字就能激起情感。对我来说，萨拉热窝是其中之一，就像撒马尔罕和我长大的那座城市的名字。萨拉热窝，一座历史之城、记忆之城，也是文化之城。萨拉热窝，在一九一四年，一枪火针点燃了整个欧洲；萨拉热窝，是一九八四年的奥运会；最后，萨拉热窝，距今不到二十年，成为可怕围攻的殉道者。

离开基塞尔雅克，我们经由一条由六车道组成的类似高速的公路到达波斯尼亚首都附近，一路上的交通简直是但丁式的地狱。当然，谁也不会想到破旧的鞋子会在那些轮胎中间探险。没有护坡，或者说人行道不过是个形式，只容得下我们小车的一个轮子。担心它跌落到路上后瞬间被汽车斩断，我们俩一个提着尤利西斯，另一个托着它，身体更多暴露在快车道。一场大雨将我们全身淋透，路面更加湿滑。车辆没有立即看到我们，往往在最后瞬间才拐开。到处是拔掉销子的手榴弹！绝不能没看到萨拉热窝就牺牲了。我们提着心吊着胆。一家饭馆的服务员救了我们的命，他给我们指了一条不太拥挤的小路。

我们在"生命隧道"边走过。在被围城的一千三百一十四天里，被困的民众正是通过这条历时四个月挖掘的、长达八百米、从机场地下穿过的隧道，才得以运送食物，并通过一根电话线向全世界传递消息。在它建成之前，那些试图穿越机场空旷地带为家人寻取食物的父亲或兄弟会被狙击手的子弹射穿胸膛。

尽管这里的人非常乐于助人，但在波斯尼亚很难定位方向。人们极富亲和力，每个人都会停下来帮助你。但是，由于他们不会说"不"，更不会说"我不知道"，他们朝某个方向伸出手，解释说在那边，再往前走点。我们浑身湿透，浑身冰冷，急切地想找到那间青年旅社，也是出于谨慎我们难得预订的旅馆。一个回家的年轻女子，让我们在她家的屋檐下避风挡雨。她在手机上搜索了好一会儿。没有找到，她又给丈夫打电话，丈夫在电脑上找到了信息。在我的笔记本上，她给我们画了去旅馆的精确路线。唉，当我们到了那里，旅馆却没有我们的预订痕迹。一个女孩告诉我们，她忘了记录，而这个地方现在已经客满了。双腿几乎被厄运击断了，垂头丧气，这次我们叫了一辆出租车。司机是一位四十五岁的波斯尼亚人，参加过战斗，他向我们讲述了那场"毫无意义"的争斗留在心里的苦涩。他每天工作十二个小时，拿着微薄的工资。彻底幻灭，他开始憎恨这个他曾热爱、准备为之而死的城市。

在这座城市里，墙壁会说话，民族主义，这剂二十年前引发血战的毒药，无处不在。一位养蜂人召回他的蜜蜂，将涂上国旗颜色的蜂箱在山坡上一字排开。在普通的涂鸦中，还能看到"永不重演"。我们歇脚时面对的一堵墙上，用巨大的字体写着"永远不要忘记斯雷伯尼察"。

在旅馆安顿下来后，我俩倒头就睡了十个小时。我们还饶有兴致地注意到了一个体现尊重对方的小细节：公共厕所没有内锁。要么门开着，此地可用；要么门关着，此地有人。注意离开时不要习惯性地关门，以免造成悲剧。

贪婪地沉浸在城市的历史中，我们发现萨拉热窝处在曾经被塞族人控制的高山包围之中。我们首先参观的是帕库萨公园。在围城期间，这里的土地没有一平方厘米被忽视，全被利用起来种菜，或埋葬死人。众多的穆斯林墓碑散落其间，恭恭敬敬地用花岗岩雕刻而成，顶部往往呈头巾的形状。在这里，众多行人所展现的生命，再次与死亡擦肩而过。在公园的边缘，矗立着一座纪念碑，纪念三年内被杀害的一千六百名儿童：差不多每天有一名以上的儿童死去。稍远的地方，万名受害平民的名字被刻在了旋转的垂直滚柱上。在这里，房屋的外墙也是弹孔遍布，大部分已经被堵死。但是战争结束后，这里的人们为它们涂上了红漆——"萨拉热窝的玫瑰"——或者将弹孔变成星星。我们走上"狙击手之路"，一条曾经在塞尔维亚狙击手瞄准线上的大道。为了通过它，当地人会拿起行李或抱着孩子，以最快的速度奔跑。死亡是如此隐蔽。远离枪手，受害者无声无息地倒下，子弹过后才传来引爆的声音。我恐惧地想象着，近在咫尺的人只会听到子弹刺破皮肉、折断骨头的轻响。

波黑历史博物馆外表丑陋，光线很差，布局不好，但令人印象深刻。就像这张大型和平示威的照片——迎战民族主义的红色暴力，在战争爆发之前，呼吁政客们拯救和平。黑白照片，充满意志和勇气的面孔令人慑服。我被一个严肃而沉思的小女孩的照片感动得泪流满面。在她的肩上，有一枚印着和平口号的徽章。她是在萨拉热窝被杀的一千六百名儿童之一，还是他方成千上万被食人魔吞噬的孩子？和贝妮蒂克特一起，我们有时会看在叙利亚徒步时拍到的孩子们快乐的脸庞，喉咙里有一团东西。他们在那个地狱现在还好吗？被炮弹残杀了，还是在流亡的路上，走向大门紧锁的欧洲？枪弹不长眼睛。

　　一篇纪实报道让人们看到那些充满仇恨和绝望的日子的暴力程度。作者从同一角度拍摄了战争前后的城市主要建筑。数千次中弹，外墙被火烧黑，一半的建筑物成为废墟。效果是震惊的。但战争摧毁的不只是石头。照片记录了被撕掉一条腿的婴儿，还有这个被砍掉双手的少年，他投向这个世界的眼神中似乎有一种责备。我们没有为他们做什么，或者说做得太少、太晚。多么令人钦佩的勇气，这个女人在自家阳台上晾晒衣物，而她的公寓被一发炮弹击中，落地窗全碎了。波黑《解放报》勇敢的记者们，他们在被围困的情况下，每天照常出版一份日报，尽管有狙击手，没有纸，没有电……他们有时就把新闻打印在散纸上，把报纸钉在尚未被砍伐生火的树上……必须坚持，设法填肚裹体，不顾一切地活下去。就像这位发明家，从一辆毁坏的汽车上回收零件，在河边安装了一个小磨坊。每天，它都会产生相当于从一个电池中获得的电能。或者像那些用管子做的步枪，用小刀雕成的枪托……那些占领高地、射杀平民的凶手，并没有赢得这场战争。相反，他们让这座殉节之城成为世人敬仰的英雄。萨拉热窝的每一块石头都是抵抗和勇气的巨大纪念碑的一部分。

　　这是一种由来已久的坚韧。在米尔杰克卡河附近的一家小餐馆里，人们给我们讲述了它的主人的故事。十九世纪，当奥匈帝国的侵略者决定没收他的财产、建造一座与自己权力相称的宫殿时，他已经是个老人了。这位平凡而坚定的老者全力迎战，最后帝国不得不让步，另觅他处去竖立一它的辉煌纪念碑。

圣像被毁，清真寺或教堂被烧毁：仇恨不仅仅是针对人。今天，在城市的中心，清真寺、新教教堂、天主教堂和犹太教堂并排而立，虽然犹太教堂的门以钢甲加固，装了四把大锁。祈祷之地，暴力之地。

一家画廊在举办关于斯雷布雷尼察的展览，对这场冷酷的种族灭绝进行了令人难以置信的回顾。以精确到可怕的方式书写及拍摄的文件，首先描述了八千名男子和青少年受害者，他们被关押、处决，扔进乱葬岗，尸体被推土机压碎，以防止他们的身份被识别。我们还听到了被强奸的妇女，以及丈夫和儿子被带走杀害的妇女的作证。她们永远无法知道他们死于何时何处。还有这名手持机枪的士兵，押着一个人去执行死刑，问道："你害怕吗？"……然后在他背后开枪。还有拉特科·姆拉迪奇，刽子手的首领，向联合国官员作出"以他个人和官方名誉"的担保：如果北约空军的飞机不轰炸他们的阵地，人质就不会被处决。在如愿以偿后，他下令进行了大屠杀。

如果说在萨拉热窝的这次休息有助于放松我们的身体，那么我们的头脑却一刻不闲，这些恐怖的景象，这些无辜者在联合国士兵的眼皮底下被屠杀，而联合国士兵却无力保护他们，让我们深受刺激。"我现在无法看着一个四十岁以上的塞族人而不去想他是否曾开过枪。"贝妮蒂克特离开展览时说。

我们的下一站将经过波斯尼亚塞族共和国的一部分。每到一个边境，我们都会在新国家的牌匾前自拍留念。对此，我的伴侣会扮出一个鬼脸。的确，国家的深处并没有被改变。拉多万·卡拉季奇因战争罪和种族灭绝罪，特别是围攻萨拉热窝和斯雷布雷尼察屠杀而被起诉，他却能在光天化日之下"躲"了十三年，根本没有离开自己的城市。战争结束后，他改变了自己的容貌，改名换姓，放弃了精神病医生的专业，开始从事性医学。即使他没有得到波斯尼亚塞族共和国一百五十万居民的保护，其中的一些人必然让他避免了被绳之以法。

明天我们将出现在他的土地上，在他的帕尔城。他被关在海牙国际法庭的一间牢房里，等待着十一项罪名的审判。检察官要求对他实行无期徒刑。

十三　隧　道

波斯尼亚塞族共和国。人口 140 万。未被承认为独立国家。非欧洲联盟成员。非欧元区。首都：巴尼亚卢卡和萨拉热窝。

波斯尼亚-黑塞哥维那一定是由一个喜欢拼图的疯狂政客创建的。波斯尼亚塞族共和国实际上是由两个区块组成的。在萨拉热窝东北部，原克拉伊纳，首都为巴尼亚卢卡。在萨拉热窝以东，是另一个实体，首都是巴尼亚卢卡，但也是东萨拉热窝区。事实上，波斯尼亚塞族共和国的所有官方机构都设在巴尼亚卢卡。迄今为止，这个国家在国际上只被承认为一个事实国家。正是在努力试图理解这种复杂情况的同时，我们走进这个不是国家的国家。第一站是帕莱。这是一次简单的散步，在休息了两天后计划走十八公里，不会有疲惫的风险。虽然要离开萨拉热窝的魅力，除了情感，还需要我们付出巨大的体力：我们要在烈日下过一个海拔八百五十米的山口。但此行的最大难度将是隧道。贝妮蒂克特不太想贸然进入。所以我们在离开时，撇开了最直接的大路，因为这条路在出城时有很长一段地下通道；我们宁愿绕道。我们行程的起点是"大使之路"。所有派驻萨拉热窝的外交官都有一块小小的大理石碑，上面写着他们的名字和国家。再回到大路时，隧道已在我们在身后。我的伴侣舒了口气，但好景不长。往前走了五公里后，一道岩石屏障使得除隧道外无路可走，而且根本无法得知它的长度。除非——在出口处才有标记。更何况，隧道较窄，两车相交时，没有留给尤利西斯的空间了。我们的额头戴上了矿灯，这里罕见的几只灯泡上布满了灰尘和因为柴油和汽油烟气粘在墙壁上形成的煤黑，这种涂层吞噬了光亮。人行道足够高，容得下尤利西斯的一只轮子，但窄得无法同时容下两只轮子。行进了二十米左右的时候，人行道上的一个洼坑让小车失去平衡，它打了个转，最后车轮朝天躺在了机动车道中间。我们眼疾手快把它抓了回来，躲开了咆哮而来的汽车。化险为夷。我拉着尤利西斯走，贝妮蒂克特的一只手扶着它，随时准备在遇到陷阱的时候扶正车身。但这样一来，她就不得不多暴露一点。每当卡车和汽车相交，我们都会紧张得颤抖，这样又走了大约三百米左右，眼前一片漆黑。在我们的身后，远远的，隧道的入口有一丁点微弱的光点。前方则是黑夜，没有任何照明。头灯微弱的光线让我们只能看到自己的脚。迎面驶来的汽车让我们眼花缭乱，然后重坠黑暗。高瞻远瞩的贝妮蒂克特，从包里拿出一些买来夜行用的反光条。我们把它们贴在手臂和脚踝上。我们摸索着，不知道隧道是笔直的还是有拐弯。贝妮蒂克特的身体紧张得像一张弓，被危险鞭策着，她是如此用力地推着尤利西斯，甚至可能会让我失去平衡，摔倒在地。我大喊着让她别这样，可是声音消失在被墙壁反射的发动机的嘈杂中，她听不到。终于，在这个噩梦持续了大约两三百米后，最后一个左转弯，一丝微弱的光亮透入隧道。出口到了。我放下尤利西斯，把妻子抱在怀里。她松了一口气，半信半疑地笑了，积累的恐惧烟消云散后，她开始对我滔滔不绝，有些语无伦次地讲着她在黑暗和嘈杂中没有说出的话。这次我俩算是得救了。

我们很快又经历了另外两条很特别的隧道：人行道和第一条一样窄，是用混凝土铺成的，有的地方已经破损。走在上面，就是要冒着摔倒受伤的危险。所以你必须走在机动车道上。幸运的是这条隧道不是很长。第三条隧道，我估计直线距离大约有一百五十米，正好没车经过，我乘势开跑，全然不顾谨慎。贝妮蒂克特猛地一怔，犹豫片刻后就跑在我身后，边笑边喊道："你疯了，你是个疯子，我喜欢你！"我的疯狂赶走了压力。从现在开始，隧道被驯服了。斯塔布奇隧道，海拔九百多米，长九百四十五米。侥幸的是，我们只遇到四辆汽车。

帕莱只是一个大镇，当卡拉季奇把它作为波斯尼亚的塞族人"首都"时，它曾备受关注。自从他被捕后，小城又恢复到了以前沉闷的匿名状态。

我们走小路穿过镇子，偶尔碰到的几个当地人远远地观察我们。在这种条件下，想要问路相当不容易。当我们快到波德格勒时，一个男人主动和我们打招呼，并给我们喝啤酒。拉迪斯拉夫·西莫维奇的交际方式很直接。他询问我们之后，很惊讶，把我们带去了他家，上个春天，附近的小溪在冬雪融化后形成了泥浆般的洪水，涌入他的家中。他让我们坐在塑料椅子上，还有一张漂亮的板凳，是一块用砍柴刀打削的树墩，凳面被几代人的裤子磨得发亮。他说："我信东正教。"他以为有必要向我们说明清楚。当我问他村里是否有穆斯林时，他做了一个"打发"的手势，并指向另一个村庄。"那边，在山里。"他说，这里，已经没有"土耳其人"的痕迹了。塞尔维亚人就是这样称呼穆斯林的。他告诉我们，"种族清洗"的宣传应该年年月月一直在重复着："四百年前，土耳其人用武力占领了这个地方。"经过十五代之后，这显然给了人们可以用同样的方式消灭他们后代的理由？当他为了安慰我们而补充说"再远点你们就能看到他们了"时，他坚硬的面孔变得柔和起来。这个和蔼可亲、热情好客的男人，他参加过战斗吗？一九九二年他应该有四十多岁了，正值壮年。他毫不含糊地承认，他支持"大塞尔维亚"的论调，而"大塞尔维亚"本身就是种族清洗的动力。"一九九二年至一九九五年期间，这里有许多人死去，但现在我们需要和平，需要与欧洲的和平。"贝妮蒂克特为我和他拍了一张照片。他比我高出二十五厘米，体重至少是我的两倍。我们看起来像劳雷尔和哈迪①。退休后，他几乎不出门。他做老师的妻子和他们的一个儿子在萨拉热窝工作，他感到遗憾的是，这里已经没有多少塞族人或克罗地亚人了。他的二儿子生活在纽约。离开拉迪斯拉夫的家时，我们更加意识到，怀疑、仇恨和复仇的欲望仍然存在于人们的心中。只要对责任人还没有司法宣判，他们就会随时起义。海牙法官的判决可能导致持久和平，也可能是新战斗的起因。

雷诺维察是一个没有旅馆的小镇。经过一个小时的徘徊和请求未果，一辆车在我们面前停了下来，车上有两个美丽的女孩。

"你们在找住宿吗？"

"是啊，你们怎么知道的？"

他们的叔叔，我们之前遇到时，曾告诉我们没有过夜的地方，

---

① 劳雷尔和哈迪（Laurel and Hardy），英美喜剧双人组合，在 20 世纪 20 年代至 40 年代极为走红。

过后大概觉得不该错过一笔好买卖。她们提供的是比房间更好的住宿：别墅。不久之后，我们坐在院子里，与父亲苏莱曼、母亲内尔玛、女儿埃米娜和梅西达一起喝茶、嚼烤玉米。交际结束后，两个年轻人带我们到附近的一座房子，那是属于她们一个住在荷兰的叔叔的房子。她们提出让我们在那里过夜，只需支付二十欧元的微薄费用。我们很高兴地接受这个提议。这是一个美丽的夜晚，苏莱曼从他的温室里摘了些新鲜的西红柿和甜椒，我们用此做了一顿豪华晚宴。

拉迪斯拉夫向我们解释过有两条路可以去戈拉日代，或走平原或爬山。作为老驾驶员，他建议我们选择走平路，但我们选择了高度。在一个村子里，一位面带笑容的妇女向我们伸手走来，"早上好"，她接着说的一句话中似乎带着"咖啡"这个音。我们因此推断她要给我们喝咖啡。"好啊，当然。"我们高兴地说。出乎我们意料的是，她朝我们微笑后做了个告别的手势，转身走了。我们吓了一跳，最后想她大概是问我们是不是已经喝过咖啡了。得到肯定的回答后，她就没坚持。

在一个小村庄里，一个女人从她的房子里走出来，向我们打招呼，交流了几句，她承诺道："等你们回来就住在我家吧。"然后留下我们进屋去了。她以为我们是在环村旅游吗？

中午十二点半我们才到达海拔一千两百米的山口。景色美不胜收，但大片乌云逼近，我的晴雨表的小指针在乱晃。但离戈拉日代还有十五公里左右。我们冲下山口后，在路边午餐，吃了一罐沙丁鱼、一小块面包和一个生甜椒。但我们的肚子还很饿。一位驾车者停下车来，向我们打听我们也正想寻找的提供伙食的旅馆。然后他开车走了。一刻钟后，他又折回来了，他在更低处的山谷找到了一家餐馆，但我们必须调头往回走。我们的胃选择了走回头路。酒店其实是一个小型的冬季运动度假村，叫"蓝水"。一台小型滑雪缆车和一台雪地修整机正在等待着第一场雪的到来，在这个海拔高度和这个季节，雪很快就会到来。

蓝水村有一个特别之处：一九七一年这里有一百一十七名塞族人和一名克族人。在二〇一三年的人口普查中，居民人数为零。他们在一九九一年至一九九六年之间全部离开了。只剩下酒店和一个矿泉水瓶装厂。几幢空了的房子，但状况良好。也许属于偶尔回来的老主人或者度假村的员工。约有十座一模一样的小木屋分布在一个景观区。我们刚坐下，暴风雨就袭击了山谷。这场大雨一直下到了傍晚来临。

其他客人都是相约次日狩猎的猎人。有几位从斯洛文尼亚赶来参加这次活动，因为他们希望能猎杀到"大的"。老板通知我们，今晚有一场"私人"音乐会，但我们吃晚饭的话就不用额外支付音乐会费用。乐队组成中有一位迷人的键盘手，脸上带着无限的忧伤；一位微笑的手风琴手；一位歌手，声音就像他突出的大肚腩一样自信。就分贝而言，我们简直被宠坏了。七个小时里，管弦乐轰鸣，扩音器音量调到最大，再加上一台转播着议会激烈辩论的大电视机和宣扬自己英勇功勋的猎人们的咆哮呐喊。在每张桌子上，大罐里装的是水，小罐里装得满满的是一种叫亚布卡的烈性酒，人们不惜一切代价地要我们喝下去。因为我问到这种酒怎么酿造的，一个干瘦的老人，清醒时无疑是个神枪手，给我指了一个苹果。原来这就是我们在诺曼底很熟悉的苹果烈酒。但是，我只接受微微蘸湿嘴唇。当你在长途跋涉时，大口喝酒就变得无法承受。我偶尔会喝点葡萄酒，但绝不碰我原本就不喜欢的烈性酒。

小罐比大罐空得快，摄入的酒精量让人瞠目。穆哈马德邀请我们到他的桌子上，并支付了一轮酒的费用。他向我们解释说，波斯尼亚穆斯林不完全执行《古兰经》关于喝酒的戒律。随着罐子里亚布卡的水准线下降，音量随之上升。手风琴打着呼噜，乐手很有技巧地从一张桌子转到另一张桌子。当一个人——贝妮蒂克特是唯一的女性——想表示他的感激，就把一张纸币塞进手风琴的一个风箱里，风箱里很快就被钱塞满了。钱实在太多的时候，艺术家就飞快把钱收起。乐队按客人点的曲目不加区别地演奏着整个巴尔干地区的音乐，就是说马其顿、塞尔维亚、克罗地亚和波斯尼亚的音乐。我们努力挣扎着避免被客人斟满酒杯，后来离开了这刺耳的大会。穆哈马德建议我们明天早上到达戈拉日代后给他打电话，他住在那里。

要想去戈拉日代，必须拉着尤利西斯经泥土路到达海拔一千两百米的山口。但这是值得的。左边是一座海拔一千六百米的山峰，右边是一个景色无边无际的深谷。这个国家是多么的美丽！在穿越巴尔干半岛的过程中，我惊叹于森林的丰富性。各类树种都有，山毛榉为主。如果可以选择的话，我愿意葬在树林中，而不是公墓里，那里一年中只有几天，而且开的也只是菊花。我觉得自己与每一段树干、每一根树枝、每一片树叶都是相通的。树木在每个季节都会感动我。春天，森林向天空扬起数十亿立方米的元气液汁；夏天，叶绿素为景色涂上了一层渐变的绿色；秋天，森林里燃烧着红色、黄色、烤面包色；冬天，枝杆光裸，有时被大雪覆盖，它们维护着根基，在美好日子的蓬勃到来之前保持着耐心。它们以恒定与顽强体现了生命中的奇迹和常规。他们安抚着在我们身边游荡的亡灵。在两个小时的下山路程中，我们发现平均每公里就有一个致命车祸后设下的小祭台。大部分照片上的人都很年轻。

在一个弯道的尽头，戈拉日代向我们展示出它的悲剧一面。在一个能俯瞰小镇的类似露台的地方，已是锈迹斑斑的一辆坦克和两挺带炮的重机枪对准了下面德丽娜河两岸的房屋。戈拉日代和萨拉热窝一样，曾被包围和围困。战前，它由三分之一的波斯尼亚塞族人和三分之二的波斯尼亚穆斯林组成。仇恨伊始，周边地区的穆斯林就抛弃家园，到城里避难。东正教徒则开始离去。塞尔维亚军队和民兵在高地上安顿下来，轰炸开始了。一支联合国维和分队被派去保护居民，但他们后来迫于压力离开了。一个不可理解的决定。士兵怎能抛弃手无寸铁的平民？从此，迫击炮和坦克的火力就没有停止过。被困的民众，四处躲避，饱受地狱之苦。几周内，有近七百人死亡，两千人受伤。戈拉日代与萨拉热窝、莫斯塔尔和斯雷布雷尼察一起成为殉道之城。这些处于"戈拉日代囊中"的人们，不仅被联合国，也被全世界的媒体所抛弃。在那幅恐怖的画面中，被外界看到的基本是萨拉热窝和斯雷布雷尼察。是出于悔过吗？《代顿协定》又同意让戈拉日代的穆斯林人口留在该市，尽管它被塞尔维亚共和国四面围住。一条"安全走廊"允许人们自由前往波斯尼亚-黑塞哥维那及萨拉热窝。它的尽头非常狭窄，随时可能被几辆坦克或少数士兵关闭，几个小时内城市就会再次被包围。

在城里，我们偶然遇到了我们的兄弟穆哈马德，他和一个女性朋友坐在露台上，喝着矿泉水，以摆脱前夜的亚布卡留下的余醉。

他们都向我们讲述了困城时的情况。每一栋建筑都试图掩盖自己的伤口。油灰掩盖了外墙的弹孔，但由于财力不足，无法一一修复，这些建筑看起来像是印象派或点彩派画家的作品。

在露台上，我们看到了以宣布国家独立的波斯尼亚总统的名字命名的伊泽特贝戈维奇桥。这座人行天桥是城市居民的聚集地。无论老少，到了吃晚饭的时间，都会在上面大步流星。在下面，用缆绳与桥面连接着一种类似被吊起的甲板。这里是伤员到对岸医院的必经之路，因为凡是冒险过桥的人，都会被从天而降的子弹击中。萨拉热窝的一条地下通道，戈拉日代的秘密甲板……只有那些接受了不再仰望天空——预留给上帝和刽子手的领域——的人才能活下去。

从冲突一开始，人们就挤进了几间侥幸留下来的房子，吃能找到的所有食物，谋求活命。有些人，就像穆哈马德一样，逃出了地狱。冲突刚发生，他就和家人一起离开这个城市。当战争赶上他时，他已移居到丹麦的日德兰。他至今仍和家人生活在那里，并取得了丹麦国籍，只在假期时才回到祖国沐浴阳光，回避北欧的冬天。在五百万波斯尼亚人中，几乎一百万人背井离乡，而且不会回来。

尽管宿醉，但沉着冷静的穆哈马德是我们出色的向导，他帮助我们寻找一套轮胎，用来替换尤利西斯从法国就开始使用的轮胎。它们被磨得只剩下框架了。问了七八家店后，我们不得不面对事实，根本找不到同样尺寸的轮胎。这些轮辋是俄罗斯制造的，取自乌兹别克斯坦的一辆儿童自行车。如果没有轮胎，我就买轮子。如果它们的大小不太一样，也没有关系。我修修弄弄的天赋来自贫穷的童年，那时候我根本没有玩具，更别说自行车，除非拿四处找来的零件拼拼补补，根本不关心是否美观。我骑的第一辆自行车的内胎补丁摞补丁，以致没有一天不需要修理它们。渐渐地，我动起手来就相当敏捷灵巧了。

尤利西斯骄傲地栖息在它新配的车轮上。我们经德丽娜桥离开城市，在那里，一座纪念碑让我俩久久不能平静。它是为了纪念在围城中丧生的一百五十名儿童。最前面，一块钢板被镂空雕出三个孩子手拉手的轮廓。孩子们的名字刻在一块巨大的黑色石碑上。每个名字都有两个日期：出生与死亡。最大的十二岁。有的还没满月。有一些只显示他们的出生日期。他们是在母亲腹中被杀还是在出生的第一天就被杀害？

出城的道路崎岖不平，短短一段路，海拔从三百五十米升到了八百米。一栋房子的外墙很奇特，用砖头围成一个大圆圈。主人是一位老太太，她向我证实，这是一枚炮弹为她家设计的。洞口当时被现场现有的材料匆匆填平。再往前走，是一个四米乘六米的大招牌，就像我们在法国看到的昂贵的广告一样，这是一张显示着大面积红色空间的地方地图。那些都是雷区。要向该地区的人民开放这些地区，还需要很多年。麻烦还没有被摆脱。

在一个拐弯处，有一家名为"巴黎"的餐厅，名字边上是粗略勾画的埃菲尔铁塔。饭店老板的父亲住在法国首都。毫无特色的食物和令人恶心的厕所：巴黎的形象并没有因此而增光。在雨中，我们向着与黑山接壤的边境城镇梅塔利察出发。在米尔耶诺这个小镇上，雨下得很大，我们就在一个木棚下避雨。从隔壁的房子里，出现了一个女人，开始很惊讶，她说了一句话，从语气中推测大概就是："你们到底在我家干什么?"紧接着,一个小伙子也加入了她的行列,他叽叽喳喳地说了几句英语,我们和他解释了我们在做什么。语气的变化就像夏日雨后的阳光。

"到家里来喝杯咖啡吧。"

年轻人今年十七岁,他自我介绍:他是基督徒,塞尔维亚人。然后他才说出自己的名字,亚历山大。米莉恰,他的母亲,更可能是他的祖母,逼他翻译自己想出来的问题。她给我们上了一杯果汁,然后给我们上了一杯"波斯尼亚"(而不是"土耳其")咖啡。当我们问她镇上还有没有穆斯林时,她做了个东正教十字架的手势,用双手比画着:"扫帚,他们走了,扫光了。""一直到边境都不会有。"她又说,好像是为了让我们放心。

当我们走近海拔八百米的小村庄查伊尼切时,一个大约十二岁的小女孩面色凝重地做了一个十字架的手势,意思是,如果我们是穆斯林就赶快走开。她心生疑问,问我们的宗教信仰。我们假装不懂。对于一些波斯尼亚塞族人来说,首先应该是东正教徒,然后是塞族人,最后只要符合这两个标准,我们才有资格拥有自己的名字。

人们指给我们一个旅店,但是关门了。我们询问路人哪里能租到一个房间。一位中年妇女把她楼上的房间提供给我们。我们给她的二十欧元让她乐得一脸绯红。早上,我们发现她和衣在楼下的沙发上睡了一夜。尽管我们试图交流,但我们无法让她明白我们是谁、做什么。我们走的时候,来了两名警察。是打算询问她还是瓜分她的二十欧元?她把门关上,我们上路了。

小镇制高点的东正教教堂是社会生活的中心。在圣像前,在怀抱圣婴的圣母前，一名年轻女子，如泥塑木雕般，哭泣着。我们对东正教的仪式不熟悉，看着一个人倒退着走出圣地，画十字（右肩、左肩），亲吻左门的十字架，再画十字，亲吻右门的十字架，最后转身回家。位于稍远处的清真寺在冲突期间遭到破坏后，已得到修复。看起来空无一人，但一双人字拖让我们相信里面有人，门锁着。在我们逗留期间，尖塔上的扩音器没有发出祈祷的召唤。

　　通往普列夫利亚的路陡峭地穿过狭窄的峡谷，我们行走在两堵松树墙之间。这位笑得很有感染力的边检官员，和她的同事们一起被安置在工地式的简易亭子里，她看着贝妮蒂克特的护照，卷着大舌音用法语说："您好，女士，您好吗？"这就是她从年轻时上的法语课中保留下来的全部内容。她为此感到非常自豪。

　　再见了，饱受摧残和伤痕累累的波斯尼亚，我们带着边关的欢笑声而离开。我们现在正在进入巴尔干地区最小的国家之一。

4. 九月十二日，戈拉日代

我们用前半生的时间去寻找寄托，用后半生去放手。

而波斯尼亚人则不屑于面对这个难题。

缓慢和等待是这里的秩序。

人们常常在等待，特别是在咖啡馆里，当然是男人，他们默默地喝着咖啡或当地的啤酒，速度之慢令人钦佩。肘倚柜台，眼神迷离地看着马路，或是看着马路上行人的后背，他们像烟囱一样抽烟。一包烟差不多半个欧元，在抽烟这事儿上，女人和男人平等。

人们在荒郊野外一个神秘的车站等车。或者姐夫开着他的德国大众组装车到了，车身裹在可怕的黑云中，成为山区清澈天空中的一个污点。

人们等着想办法完成二楼的工程，或者为战后重建的房子抹上涂料，欧洲给钱只够做完底层。四栋房子中有一栋是废墟，另外三栋要么被遗弃，要么待售，要么尚未完工，景象绝对的荒凉。

人们也等待着打黑工之外一份真正的工作，一份体面的退休金，可能还有假牙。回应我们问候时有多少无牙的微笑，糟蹋了这些五十岁都不到的女人的漂亮脸蛋！

总之，人们在等待一个更美好、更和平的未来。

在萨拉热窝度过的两天（一个非常有吸引力的美丽城市！）和在戈拉日代度过的一天，使我们能够衡量这场部分针对平民的、以歼灭、改宗或驱逐异族为目的的残忍战争的恐怖程度。

萨拉热窝和戈拉日代被围困了四年。全国死亡人数达数十万，包括在联合国维和蓝盔部队眼皮底下在斯雷布雷尼察被屠杀的八千名男子和青少年，但是维和部队没有阻止。两百多万流离失所者。萨拉热窝国家图书馆被人纵火，近百万册图书焚为灰烬，其中包括十五万册珍本和手抄本。到处都是废墟，二十年后的今天，依然如此。

当你住在一栋布满弹孔的大楼里，怎能忘记？

当你每天都会遇到标有致命埋雷位置的地图或告示牌？

如何原谅不可饶恕的人？

一场"毫无意义"的战争，是穆哈马德在戈拉日代总结出来的。一场战争，其不可磨灭的痕迹将让我们不能自拔，并伴随着我们慢慢穿越这个美丽的国度。

然而，这里的人们却有着令人困惑的善良。就连在我们的装备前经过的警察也会微笑，而不是检查我们的证件或是大声呵斥我们不该走在机动车道上！

狗也很安静。被遗弃的或是天生野狗，在壮丽的大自然中，它们上百只成群地沿着令人沮丧的垃圾场游荡……有时，其中的一只狗会跑来粘在我们身上，常常是一只小狗（无法抗拒……），为找到伴而欢喜。但我们只能赶它走开，它歪歪扭扭的步伐会让我们在路上陷入危险。两个怪人和一辆小车就够了，没必要给汽车增加第四个目标。

这里的死者就在活人之间，反之亦然。穆斯林的坟墓随处可见，在两栋楼之间，沿街排列，在田野里，没有围墙，没有石板。这些优雅的方尖碑，往往顶着裹头巾雕饰，似乎在空地中间生长出来，靠向一边或另一边。东正教或天主教的公墓也都不远，但往往是在城郊：需要更多的空间来容纳一块砂石板。连死者都有自己的别墅区……

与所有的想象相反，这种混杂是慰藉而温和的。它让生命变得珍贵，就像我们的旅程。

除此之外，我们很开心！我的男人，心情愉快（除非遇到一个能把贝尔纳惹火的彻头彻尾的笨蛋！），歌声不断，用精湛的技艺引导着我们的小车转弯（忽左忽右，取决于能见度）；与此同时我负责公关，利用我们可怜的塞尔维亚-波斯尼亚-克罗地亚词汇，去寻找我们要的东西。这差使不容易。尤其是这里很少有人会说英语，讲德语的稍多些。

不会说他们的语言是相当大的障碍，我向自己承诺，我再也不会去一个无法沟通的国家。再说吧……

我越来越喜欢没有路标可依的远足。你必须找到正确的路线，在哪里吃饭，在哪里睡觉，在哪里找水，特别是对我来说，还有在哪里撒尿。而这也是我第一次后悔自己不是个男人，尤其是在城市里，从商业区走到工业区，你没有任何希望找到合适的灌木丛。这时候，得全力以赴地寻找一个废弃的建筑工地或背后能藏身的变压器。这倒不是因为我害羞，而更是出于对他人的尊重（尤其是在穆斯林国家）。另外，我也未必总能采取常规预防措施，这项运动每天差不多要重复二十次左右——每天喝的四升水得排出去吧。一天早上，我以为自己安全地躲在一堆沙子后面，抬头往后一看，我看到——栖息在对面屋顶上的五个男人正在哄笑。

被激荡起来的精神很少走神，除非当山路荒芜时，长途攀登将我们从一个山谷带到另一个山谷。这时候，我尝到了玛丽-埃莱娜·拉方①的精彩描述，也是我在这次旅行中所寻找的："缓慢有助于自我统一。"

---

① 法国女作家和教育家。

十四　黑　山

黑山（Crna Gora，意为"黑色的山"）。人口 62 万，外加大量海外侨民。独立时间：2006 年。黑山单方面采用欧元作为其惯常货币。首都：波德戈里察。

一般来说，海关边检都是相邻的。但从波斯尼亚边检站入境黑山，你要爬三个小时的山。在被称为梅塔利卡的地方，两三间房子围绕着海关岗亭。官员询问我们的行程，并告诉我们离普列夫利亚还有四十公里。这中间，有没有餐厅、旅馆？没有。什么都没有。天空瞬间乌云密布，我俩士气低落。当我们在离边境口岸两百米的地方吃着我们微薄的食物时，落下了第一滴雨。一辆刚过海关的车停了下来。一个女人一言不发地下车，递给我们两个苹果和两块小蛋糕，然后，她依然笑眯眯地一言不发地回到启动的车上。欢迎来到黑山。

伤痕累累的战争被拦在边境线外。这里的房子很漂亮，抹着鲜艳的涂料，保养得很好。这里没有一间被抛弃的房子。我们遇到的黑山人很友好，很轻松。美好的和平啊！只是天气较差些，大滴大滴的雨水在沥青路上形成黑色斑点。在海拔千米的地方迎着暴风雨露营，这主意并不让我们动心。"坐公交车吧。"有一人这样建议。我们询问的是两名正在为卡车卸货的工人。

公交车要等四个小时。但如果是去普列夫利亚，不需要等待，我们可以带上你们，也帮你们找到旅馆。

既不是一个人，也不是两个人，"尤利西斯"被吊到盖了篷布的卡车上，那里有一张沙发和两把带轮子的扶手椅。这段极短的旅程，却满是急转弯。厚实的坐垫缓冲了连绵不断的坑洼颠簸。绕道送完家具后，司机把我们送到了城外他的一个哥们那里，他有房间出租的。这时候，暴风雨就快要把四周淹没在冰冷的洪水中了。噢，感谢我们的守护天使。

当天晚上，我们开了个会。后天，我们将到达塞尔维亚。贝妮蒂克特对萨拉热窝、斯雷布雷尼察和戈拉日代的所见所闻仍心有余悸，她不想再听到任何关于塞族人或塞尔维亚的消息，也不愿意去那里。而我作为记者的经历则把我推向了相反的选择。

怎么办？

等等再说吧，等待的同时，继续往前走。

在黑山这个邮票国家，沉思似乎是一种职业，家家户户门前都有一把椅子或扶手椅。即使是废弃的房屋，慢慢消失的座椅也会给人一种闲散鬼居住的错觉。只要有一缕阳光出现，居民们就会舒舒服服地坐着，看着车来车往，或偶尔经过的行人。不用说，我们的出现让他们眼前一亮。

早上八点我们离开普列夫利亚，考虑到今天要走三十七公里，而且是从海拔一千两百六十米的山口开始，我们的动身时间太晚了。出了城，路上有个岔口通向一个巨大的露天褐煤采矿场。这些劣质煤为一九八二年投入运营的黑山最大的发电厂提供燃料，该厂提供了黑山三分之一的用电，严重污染了环境。一条巨大的传输带将工厂产生的废弃物运到山顶，在那里形成了一座高高的黑色金字塔，占据了整座山头。我们在工地高处行走，一连串的雷管爆炸了。推土机立即启动，将煤块装入巨型卡车。

在缓慢的爬升过程中，我们被一个令人捧腹的"车队"超过。他们如果出现在库斯图里察 ① 的电影中，绝不会逊色。一个毛发浓重的男人歪歪扭扭地骑着一辆气喘吁吁的小电驴，他的身后坐着一个女人，几乎消失在她怀抱着的能压扁她的铸铁锅的重量之下。铁锅的把柄突兀地从小电驴的车身冒了出来，就像一个奇怪的潜艇的潜望镜。离我们几米开外的地方，男子不得不停下来，等超运转的发动机降温。我们理所当然地认为我们会赢得这场乌龟式的赛跑，可是小电驴一边咳嗽、放屁、吐出黑烟，一边重新上路了。这个意外的戏剧场景，给了我们欢欣与鼓舞，可惜的是，我没有把这个明亮早晨的礼物拍成不朽的照片。不过没关系，我们会把这幅超现实主义的画面长久地留在视网膜上。

黑山海关的工作人员见到法国人很高兴，热烈地欢迎我们。塞尔维亚那边的情况就不一样了。一位年轻的公务员把我们的护照放入扫描仪，用怀疑的眼光看着我们。他表现出一种傲慢冷漠的态度，无疑认为这与他的身份相符。他手掌无力地在护照上盖了章。结果是一摊模糊的绿色墨迹，完全无法辨认姓名和地点。这是我的藏品中一个不可容忍的失误。

老天也不欢迎我们。公路向山口攀沿到一座白色的东正教教堂。一家名为"科科"的餐厅是一个理想的避难所，因为边境受到

---

① 库斯图里察（Emir Kusturica），电影导演，塞尔维亚人。

一场大风暴的袭击，冰雹给地面铺上了一层白色的地毯。过了午餐时间，我们作为唯一的客人，凝视着这一尘不染、静默无声的白色覆盖——小型冬季滑雪场的雪炮也能制造出的效果。

现在我们要决定下一步该怎么走。我想向贝妮蒂克特解释，所有的战争都是野蛮的。战场上的部队，无论属于哪一边，都极少有无可挑剔的。我们知道了塞尔维亚、克罗地亚和波斯尼亚军队和民兵主要针对平民所犯下的暴行。要"清洗""他人"的国家。有时也不放过妇女、青少年、老人，甚至儿童。荒诞的民族主义让他们相信，抹去几个世纪的文化和历史后他们就能够重归和平；他们能够抹去拼图上的碎片，为自己发明一个全新的纯洁的宗教。

我看得出来，贝妮蒂克特始终很抵触。没有必要走违心路。所以，我们将乘车去诺维帕扎尔，在去"大的那个"之前，先到这个有"小伊斯坦布尔"之称的地方。从那里，我们将重新徒步经过科索沃，将相当于四天的路程一气呵成地走完。我们将要乘车完成的，在某种意义上属于抗议，虽然除了卡车司机（开卡车）、农民（开拖拉机）和出租车司机外，所有的抗议示威均采取步行的方式。

十五　途经塞尔维亚

塞尔维亚共和国。人口 770 万。独立：2006 年。自 2009 年起成为欧洲联盟成员的候选人。非欧元区。货币：塞尔维亚第纳尔。首都：贝尔格莱德。

在普里耶波列，旅馆女主人首先告知我们的是房间价格。或许她担心没车的人可能付不起房钱？住过了无数地方，我们还有另一种解释：这是从里昂开始，我们所遇到的最脏的旅馆。尽管海拔很高，我还是想也许露营会更好些。

普里耶波列是一个悲伤而贫穷的小城。银行和彩票投注站几乎和主街上的咖啡馆一样多，主街和所有以穆斯林人口为主的城市一样，有很多珠宝店。在这个群体的婚姻中，男方有义务为女方购买首饰。某种意义上也是对离婚的一种保险。这将是新娘的嫁妆，如果被休，首饰归她所有。

该市横跨林姆河。在左岸的山丘上，绿荫中错落有致地分布着白色的房子。把尤利西斯拆开，放回包里后，我们一边闲逛一边等候着将带我们穿越塞尔维亚的公共大巴。有一种走路时从来不会有的奇怪感觉。行人想走就走，想停就停。坐公交车，控制时间的是发动机。

几乎所有四十岁以下的男人都留着两边剃光、顶上留一绺长发的发型：被西欧年轻人热捧的发型。这个创新发型是源于他们还是我们？时尚的秘密！在等待把尤利西斯装进大巴车肚子的同时，我思量着我们的旅程，从中发现了很多益处。这次旅行让我更加接近和我一起生活的女人。这是我和贝妮蒂克特长久以来第一次一天二十四小时待在一起。事实证明，贝妮蒂克特是坚强、细心、勇敢的，她是如此的光芒四射，以至于当我们与当地人交谈时，他们不是对我，而是对她说话，我是她背后一个沉默的观察者。

我以前对巴尔干半岛只有模糊的了解。在这条路上，我们被上了一堂精彩的历史和地理大课。还有什么比一步步走过一个国家更能让人沉浸其中呢？它的地理通过眼睛和小腿渗透我们。而且我们离开了深邃的峡谷，进入了一片非常茂密的树林，道路在高高的山丘上蜿蜒曲折。

从的里雅斯特出发后，我得以衡量将该地区三个群体分开的沟壑深度。人们曾在每座宣礼塔或钟楼的脚下相互残杀。仇恨如此根深蒂固，有时让人觉得战争似乎会重生。

战争……这种氛围唤起了我遥远的记忆。六岁的时候，在盟军登陆法国诺曼底的战火中，我经历了战争。我生活在恐惧中，炸弹的呼啸，机枪火力下拼命的逃窜，闯入眼帘的尸体，其中的一具被火焰喷射器烧焦，非常可怕，在听到坦克或飞机发动机声响的第一刻就开始翻涌的恐怖。重归和平，重归安宁。在这里，一种迫在眉睫的威胁感有时会抓住我们，被我们所知道的这场巴尔干战争的痕迹、记忆和暴力所强化。

从一家咖啡馆出来，一个年轻的大胡子抓住机会练习他所会的几个英语单词，并问我们——这不是第一次——在法国是否能找到工作。这里找不到工作。米赫提是扫烟囱的，这里大家都用木头取暖。由于城里很少有人能有足够的地方储存过冬木柴，没有干透的木柴弄脏了烟囱，每年都得清扫。唉，米赫提说，每家每户都设法自己清扫。我建议他用我们的方法来解决：没有烟囱清扫证明，一旦发生火灾，就没有保险赔偿。聊得兴起，我建议大家在咖啡馆前坐下来说话更舒服。我很想更多了解塞尔维亚的穆斯林和基督徒（天主教或东正教）之间的关系。他先是同意，然后他似乎在寻找一个可以和外国人坐在一起的地方，没有找到，他最终放弃了这个建议。于是我们打算分手，我与他握手告别。贝妮蒂克特也伸出手来，但那人退后一步，把右手紧紧地藏在背后，说："我是穆斯林，我不和女人握手。"我们假装很惊讶。《古兰经》里哪段经文禁止这种简单却非常人道的动作？他不知道，但他理直气壮地大声说："除非贝妮蒂克特是亲戚或朋友……可她是陌生人！"

第二天，在谢尼察，我们和一个年轻的女孩交流了几句，她说自己不是本国人，住在这里学习塞尔维亚语的。

"您是哪国人？"

"我是穆斯林。"

我们不会知道更多的情况，因为在这个地区，宗教似乎有时也取代了个人身份。

尤利西斯被塞入公交车的行李箱。向诺维帕扎尔出发。风景壮丽。树木繁茂的丘陵被高原代替，由于反刍动物众多，我们称之为"千米高原，万牛奔腾"。

年轻的女大学生告诉我们，诺维帕扎尔是"小伊斯坦布尔"。

二十年前，拉什卡省的这座城市居住着人数相等的穆斯林和东正教徒。但是，战争，特别是科索沃战争，大大改变了这种平衡。许多塞族人离开，许多科索沃人到来，现在穆斯林几乎占到了人口的百分之八十。有人认为，未来可能发生的骚乱就在这个地区。傍晚时分，一大群年轻人在城市的街道上游荡。"小伊斯坦布尔"的气氛很沉重，我们感觉到不受欢迎。一进入一家只有男性的咖啡馆，贝妮蒂克特就成了众人愤怒和责备的目光注视的对象，这让她很生气。

人们租给我们的房间总共才五平方米，其中包括卫浴间，墙体很薄，能听到隔壁客人的呼吸声。我们本打算在这里住两晚。早晨，我们无怨无悔地离开了。带着受伤的心灵，我们在自动洗衣店清洗衣物。

塞尔维亚已落在我们身后。我们向着曾被每个人警告过的国家前进："小心暴徒！"

十六　科索沃：茶与咖啡分割线

　　科索沃。人口 170 万。独立时间：2008 年①。阿尔巴尼亚族和穆斯林占多数，塞族占少数。所用语言：阿尔巴尼亚语、塞尔维亚语。联合国维和部队（驻科部队）驻扎。货币：欧元。首都：普里什蒂纳。

　　最后一场巴尔干战争发生在科索沃。塞族人将这个国家视为其基督教文化的摇篮，梦想着将其纳入他们所谓的"大塞尔维亚"。俄罗斯人后来也用类似的理由来破坏乌克兰的稳定并吞并其部分领土。一九九〇年，有两类人口共存：东正教塞族人和数量上占大多数的讲阿尔巴尼亚语的穆斯林，他们想宣布独立。一九九六年，科索沃解放军（科军）诞生。在斯洛博丹·米洛舍维奇的领导下，塞尔维亚军队占领了该国。斯雷布雷尼察大屠杀后，联合国担心会发生新的"种族清洗"。这一次，不能再袖手旁观。一九九九年，联合国将科索沃置于其管辖之下，并向塞尔维亚发出警告，要求其停止镇压。联合国的呼吁无效，北约进行了大规模的轰炸袭击，迫使

---

①　1999 年 6 月科索沃战争结束后，科索沃由联合国托管。2008 年 2 月，科索沃单方面宣布"独立"，得到了美国及其一些盟友的承认，但是塞尔维亚始终坚持其对科索沃拥有主权，中国、俄罗斯、印度、希腊、罗马尼亚、斯洛伐克和西班牙等约 90 个国家不承认科索沃的"独立"。

米洛舍维奇屈服。

和平回来了，但必须加以维护。联合国成立了一支驻科维和部队，以确保两族不再发生冲突。二〇〇八年，科索沃单方面宣布独立。但塞尔维亚人和阿尔巴尼亚人之间的关系非常紧张，未来没有任何保障。前者还非完全放弃"大塞尔维亚"的梦想，后者已对建立"大阿尔巴尼亚"雄心勃勃。目前为止，塞尔维亚仍然拒绝承认科索沃的独立。对于他们来说，科索沃只是他们国家的一个省份。此外，在塞尔维亚出售的交通地图上，两国之间没有划定任何边界。我们遇到的几个塞族人以东正教修道院的存在为由，证明他们对科索沃的主权是正当的，他们说，穆斯林正在破坏这些修道院。

珀帕里姆是个瘦子，面容开朗，显然很乐意与过往的外国人交流。他完美的英语知识为我们的长谈提供了便利。他今年四十四岁。十八岁时，他逃离家乡科索沃，逃离了轰炸。在法国待了一年后，他去了哥哥生活的英国，在那里待了七年，以父亲的职业面包师为生。回国后与一名科索沃女子结婚。如今，他是一个小女孩的父亲，在斯洛文尼亚工作，那里的工资较高，这让他得以在家乡盖了一栋房子。

他对科索沃印象很不好。那里是黑手党的天下。他说，在这个国家，有两百万居民，四百万辆汽车，其中大部分是在欧洲偷来的。在任何情况下，欧洲和美国都没有吝啬对该国的援助，尽管传言大部分援助被贪污转移了。经历过一九九八年和一九九九年的大规模轰炸之后，新的街区已在废墟上建立起来。今天，百分之八十的人口是穆斯林，而在八十年代，塞族和阿族社区是平衡的。由于许多塞族人离开了重要岗位，因此必须重建行政机构、学校、警察部队和军队。

　　珀帕里姆是穆斯林。起码这是他告诉我们的，也是他在下次人口普查时将申报的。他从来没有踏进过清真寺，他与宗教的唯一联系就是每年给阿訇两欧元，这两欧元可以让他死后免费安葬。某种意义上的寿险。但人们不能轻易逃避传统。我们的这位朋友很努力地工作，同时打着两份工，为了结婚，他必须攒下两万五千欧元。六千元给未婚妻买金饰。其余的用来奢侈地招待四百名宾客。当我们惊讶于这其中体现的不平等——按这个价码，穷人根本无法结婚时，珀帕里姆耸了耸肩；如果钱花少了他就会丢面子。没有人敢拿自己的社会地位和自己的体面当儿戏。

　　首都普里什蒂纳是一个巨大的建筑工地。道路在修建，大型的彩色楼房即将竣工，别墅正在破土而出，显然没有太多城市规划方面的担心。"想工作的就能在这里找到工作。"珀帕里姆肯定地告诉我们。我们正在重建国家。科索沃从建国之初就选择了欧元。工人月薪四百欧元，老师六百欧元。我们三个人的午餐共计七欧元。一位出租车司机愿意将我们带到市郊的提拉纳宾馆。他将给我们做向导。他要价三欧元。珀帕里姆让他等我们聊完天。司机就耐心地等着。当我们终于上了他的车，他在第一个加油站停下，向我们要了两欧元，以免汽油用完。最后，我们给他五欧元的车费。无疑是他今天最好的一趟买卖。

　　"这里没有咖啡，先生，只有茶。"九月十八日，我们在一家小饭馆里吃着无比美味的早餐时，老板说。我们可能刚刚跨越了从意大利开始无所不在的咖啡的边界，进入一直延伸到伊斯坦布尔和中国的茶叶国度。

在路上，我们简直行走在地狱。如果科索沃有四百万辆汽车，那么我们一定遇到了其中的一半。普里什蒂纳的出城公路类似夹在建筑物和混凝土墙之间的一个堵塞的瓶颈。双向通行的两条车道，没有人行道，也没有任何躲避来往车辆的空间。在最后一刻看到我们的司机，在不撞到对面车辆的同时，移动几十厘米来躲避我们。与此同时，在这样的噪声下，我们有意交谈时根本无法与对方说话。有一辆大卡车不得不两次刹车，以免撞到我们。过了两公里长的狭窄路段，我们的空间稍稍大了一些，但危险还没有结束。一辆越野车停了下来。这是一个英国人。他说我们是在冒生命危险，并提出给我们搭车。我们婉拒了他的善意。在高度紧张的状态下又走了三四公里，终于找到了一条可以安全行走的平行小路。在川流不息的车辆中，我们看到了好几支由十余辆吉普车、卡车和一挺机枪组成的驻科维和部队车队。

　　当天走完的三十公里路程中，沿途所见密集的经济活动见证了这里经济活力的复苏。工厂、商厦、车库、货仓相继出现。在他崭新的铝窗制造工厂，塞拉米看到我们的装备时睁大了圆圆的眼睛，他请我们喝杯水。我们欣然接受，舒适地坐在车间中央由汽车座椅组成的客厅。塞拉米上周开始制造第一扇窗户。他今年二十七岁，对雇了两名员工的自己公司的未来充满信心。他的工厂前飘扬着三面旗帜：美国、科索沃和阿尔巴尼亚国旗。他是一名穆斯林，他告诉我们，在像普里什蒂纳和费里扎伊那样的大城市，塞族人没有采取虐待行为；但在村庄里，妇女和儿童被关在房子里，武装人员用机枪扫射后放火烧屋。当天晚上，我们过夜的那家旅馆的老板伊什梅尔也向我们证实了这一点。他的法语说得很好，他在日内瓦工作了七年，其中六年没有合法身份。居住证过期后，他不得不离开了那里。他们俩虽然都没有家人在战争中丧生，但战争都让他们失去了一些朋友和远亲。我问："如果驻军离开了呢？"我问这个问题是有原因的，因为法国正在实施撤兵计划。"千万不能啊，"伊什梅尔喊道，"他们得在这里待上二十年，否则科索沃人还会打仗的。"

在发动机的轰鸣中，突然传过来纯净的旋律，爱抚着我们的耳朵。这是十八岁的年轻牧羊人阿丹的笛子，他在路边放羊，坐在安全栅栏上。贝妮蒂克特在这个不协调的地方听到如此美妙的音乐，很是惊讶，问他能不能录下来。小伙子就给我们演奏了一场真正的音乐会，为终于有人类的耳朵倾听而欢喜不已。再往前走几公里，被称为"烈士公墓"的科索沃解放军公墓占据了道路。每块黑色的花岗岩墓碑上都有一张相同的照片：照片上有五个女人和大约三十个男人，最小的十八岁，最大的五十五岁。阿尔巴尼亚的国旗每天都在沙地上被重新绘制。

在贝尼餐馆，谈论的话题仍然是战争。老板古里被三颗子弹击中后，现已残疾。他告诉我们，科索沃人向塞尔维亚士兵购买武器。我还知道了科索沃人使用的许多武器来自阿尔巴尼亚。古里在回国经营餐馆之前在瑞士生活了十一年。他研究了战争对四万人口的影响。他声称，在他家周围，六百八十七所房屋被塞族人烧毁，一百二十七名平民和八十七名士兵死亡。能够自救的人都去了德国、瑞士或法国。战后，人道主义协会向每个家庭提供了六千德国马克，用于重建房屋。他说，科索沃的腐败现象并不比法国多。"我们拥有巴尔干地区最好的警察部队。但只要有人像我这样建宾馆，人们就认为是不诚实的钱。"他不相信在他的国家能买到学位，但是投机行为的确非常厉害。有钱的人可以通过雇用马其顿工人等方式廉价建房，这些工人一天的工作报酬才十欧元。每个业主都坚信，三四年后能高价把房子卖掉。古里认为这是一场大胆的赌博。他曾在普里什蒂纳一幢八层楼的建筑工地干过。楼房竣工已三年，但至今只卖出一套公寓。

在离卡查尼克不远的地方，齐亚在路边等我们。昨天，我们午餐的时候坐在他和他年轻妻子的饭桌边，没有察觉到他们对我们感兴趣。他们没有尝试和我们交谈就离开了。齐亚的妻子要他保证打听我们的消息。年轻人和做坟墓的父亲一起工作。五岁到十三岁之间，他曾在德国接受庇护，德语说得非常好，英语也很流利。我们打算今晚在他家对面不起眼的喷泉旅店过夜，晚上和齐亚以及他的朋友们一起聊天。他很坦率地表达了自己的看法。教育："国家学校的老师都是共产党员"。但他重复了古里告诉我们的话："在这里你买不到文凭。"而他上个月才结婚的小妻子，中专毕业后，正在努力争取她的大学文凭。战争：他没有经历，不是特别感兴趣。年轻人：百分之十的人准备去叙利亚加入圣战。有些不惜抛妻弃子去打仗。在卡查尼克市，已经死了五个人。他很惊讶，叙利亚吸引了这么多人，而去伊拉克却很少。工资：人们每周工作六天，每天工作八小时，月收入四百欧元。家家户户都靠在国外的亲人寄钱回家。齐亚卖出一座坟墓的价格在三百到五百欧元之间，净赚一百到两百欧元。他的兄弟们也在家族企业工作。消费：他的同胞们会不惜代价地买一辆名牌汽车。

在我们聊天的时候，一个科索沃人和一个非裔美国人走了过来。那个美国人解释说，他代表一个援助组织，但拒绝告诉我具体名称。他住在马其顿的斯科普里，来这里是为了谈"业务"。他随后即缄口不语。在科索沃，谨慎就是保命。

与偶遇的当地居民聊天总令我愉快，我喜欢不同命运的交汇，但这不是了解一个国家真实情况的最好方式。比如，没有腐败，或者"不会比法国更多"……在我回国后，我将了解到，三名被派往科索沃促进法治的欧洲知名人士正在被起诉。作为法官和检察官，他们被指控受贿，操纵司法，包庇被控犯有严重罪行的科索沃人。如果说塞族人被指控烧毁房屋，他们善良的东道主——科索沃人却在联合国部队增援到来时烧毁了八十座塞族教堂。在战争中，没有人是无辜的。

在离开卡查尼克的时候，我们前一天遇到的美国人警告说道路狭窄，并建议我们提前出发以避免交通堵塞。他给我们指出了好几条步行的高危隧道，狭窄且没有照明。非常有用的精准提示，他告诉我们，前两条隧道伴随绕山而行的古道。果然，在第一条隧道的入口处，有一条与之平行的、部分被杂草侵占的小路出现在我们的右侧，我们带着短暂的愉悦投入其中。这里其实已经成了一个垃圾场，满地都是废旧金属和垃圾，但大多是腐肉。路过一匹腐烂的马，我们被这股味道憋到窒息了，几乎后悔放弃了隧道。为了避免类似的场景，我们走上了另一条小路，路边一头肿胀的牛，像一个挤满了蛆虫的气球。我们疲惫不堪，尤利西斯的一个轮胎又被刺破了。

再过几个小时，我们将要到达的国家不再被允许叫作马其顿，可是大家都叫它……马其顿。

十七　马其顿

马其顿，与希腊就马其顿发生名称纠纷后，该国改称"马其顿前南斯拉夫共和国"，简称 ARYM。人口 200 万。宗教：64% 东正教，33% 穆斯林。字母：西里尔文。独立：1991年。自 2004 年以来成为欧洲联盟的候选国。货币：第纳尔，以欧元为参考指数。首都：斯科普里。

这个国家有一百八十万人口。其他消息来源认为，这个数字应该是两百一十万。如何获知？政府拒绝任何人口普查，此举默许了一切选举操纵。反对派对有一百七十万选民感到好笑。这里的婴儿会投票，死人也会投票。

首都斯科普里聚集了三分之一的人口。我们完全迷失了方向，因为没有任何明确指示牌。经过一段很长很累、最后在雨中结束的路程，幸亏得到占地庞大的美国大使馆的一名员工的指点，我们终于到达了一家曾是"青年旅社"的旅馆。

今天是星期天，全城人都在街上，尤其是在教堂里。我很惊讶地发现，参加礼拜的大多是男性，而我们习惯于天主教堂里以女性为主。教堂内的男人差不多和星期五大祈祷日的清真寺里一样密集。在东正教教堂的入口处，有一位妇女兜售成把出售的蜡烛，她不时离开自己的小卖部，在教堂里走来走去，收集存放在圣像附近的供品。傍晚时分，餐厅里的顾客络绎不绝，音乐响起，已是东方的旋律。

马其顿与科索沃一样，也不能幸免于腐败。我在《国际邮报》上看到，二〇一五年五月，一份窃听文件揭露，与政府关系密切的政客都在收受贿赂，这在一个最低工资只有一百四十三欧元的国家，触发了众怒。这里同样存在着马其顿的基督教徒（64%）和阿尔巴尼亚穆斯林（33%）共存的问题。

一九六三年，一场大地震将首都从地图上抹去，全市百分之八十的房屋被毁，死亡一千多人。重建时，数百座古希腊或苏联风格的雕像拔地而起，淹没了广场、街道和桥梁。有些体积极其可观。它们唤起的是有共识的主题，团结、童年、母爱，但没有一个让人联想到可怕的自然灾害。为温饱而辛苦的老百姓，对这些巨额支出提出了强烈的异议。

斯科普里的现代艺术博物馆的建筑与其藏品价值不相上下。它是一个带天井的古老的沙漠商旅客栈。我很佩服这些建筑师的智慧，在没有窗户、被高墙围起来的地方，找到了巧妙而优雅的方法，引入天光。自我们出发以来，这是我们看到的第一座商队客栈，前奥斯曼帝国的浓厚印记。

进入马其顿首都时，我们就穿越了从维罗纳到伊斯坦布尔一半以上的路程。再走三天，我们就将离开被战争粗暴而持久撕裂的前南斯拉夫国家。欧洲是如此的异质，又是如此的不统一，她是否能够抹去这段仇恨史，洗去一切血腥？我始终对此持怀疑态度。多头怪兽不过只是在打盹。

因为对当初进入这个没有指示牌的城市所付出的苦力与兜兜

转转仍心有余悸，我们选择乘出租车离开斯科普里。司机曾是工程师，他厌倦了职业和老板给他的压力，把一切都抛到了脑后。今天早上，他可以轻松地承认自己三天刮一次胡子，在愿意的时候开始工作。他告诉我们，他这样很幸福。是被我们的谈话分了心，还是彻底放弃看路标？司机把车逆向驶入一条小型高速公路的肩道。一辆卡车从对面驶来。谁也不慌张，他往右边贴，另一个往左边贴护栏，就过去了。

他把我们留在了一个陡峭的斜坡脚下，我们将由此爬上海拔六百米的高度。被尤利西斯驾驭着，我们整整淌了两个多小时的汗。离开斯科普里十公里之后，一个巨大的垃圾场让我们窒息。这里被遗弃的宠物多到没有一天不发现臭气熏天的猫狗尸体，或被扔在路边，或被丢在路上，被成百上千个车胎猛烈辗到只剩下柏油路上一片毛茸茸的污迹。

每天的一切都在变化中。昨天在斯科普里，我们遇到的人用塞尔维亚-克罗地亚语（前南斯拉夫官方语言）与我们交谈。今天，在尼库斯塔卡这个小镇上，在两家面对面的酒吧里，人们用阿尔巴尼亚语交谈。我们左边那家的老板在瑞士工作了六年，回来后，自己买了一辆卡车做运输。直到他厌烦以后买下了这家小酒馆，这里，日子在和顾客快乐的聊天中度过。这里，是穆斯林。再往前走十公里，就是东正教，再也看不到任何宣礼塔。但所有的人都一样友好。

在为他挡住烈日的遮阳棚下，一个男人在等待顾客，眼睛蓝得透明。我们照例讲述了我们的徒步远行。他站起来递给我们一个巨大的西瓜，我们尽量委婉地拒绝，解释说这对尤利西斯来说太重了。在我们下午到达的库马诺沃，酒吧里的一群顾客坚持要为我们到达时点的茶水付钱。其中一人在瑞士工作。一个大学生打算去土耳其，他说，那里不存在失业问题。

克里瓦-帕兰卡和我们之前经过的城市相比，出奇地干净。甚至还有垃圾桶。当然，我们立即向一位路人打听住宿。他一边打着手势，一边用马其顿—阿尔巴尼亚—塞尔维亚—克罗地亚语回答我们，尽管我们表示不懂，但他还是一股脑地说啊说，直到磁带转到头。现在有两个路过的学生高兴地发现，他们有机会练习正在学习的德语了。三个刚才在商店里看着我们的男人也加入进来，用英语混在一起聊天。这简直是巴别塔。几分钟后，我们把它整理出来。这里当然有宾馆，但是，我们被告知，如果再往前走一公里，靠近保加利亚边境，去一个以乔基姆·奥索戈夫斯基命名的修道院，那儿会更好。我们于是上路了。

这不是一公里，而是六七公里的路要走。在一个陡峭的上坡道尽头，我们紧靠着笔直的崖壁，看到一座东正教教堂，一个小礼拜堂和几座竖立在狭窄的峡谷上方的修道院，峡谷底部是潺潺湍流。

在寺院里，经过前两天稀疏的雨后，一缕阳光照射过来，山谷的景色更加美丽。教堂内外布满了画作，没有一平方厘米的空隙。画的全是《圣经》中的场景，有面容优美的小天使飞来飞去，有圣徒的圣像，也有斩首和用刀矛刺穿身体的暴力画面。壮观的场面让人着迷。就像在西部片中一样，我们可以立即区分出善与恶：好人是肉色的，有光环；其他的则是黑色的，头上长角，卧在血泊中，或被地狱的火焰焚烧着。所有铭文都是西里尔文字。这里所描绘的最后的晚餐，只显示出七个使徒围绕着基督。在圣像中，有两个圣米歇尔像，但是没有恶魔。在外廊，有一幅很好体现出上帝威严的画作。正是在这样一个地方，人们衡量东正教与拒绝圣像概念的穆斯林的区别。

我们的房间只有家具体现出修道院的简朴。神奇的教堂和山谷景观，无可挑剔的清洁度，无漏水的淋浴间和精心设计的照明。这种祥和的美感和静谧的气氛，立刻让我们感到神清气爽。这无疑是我们进入巴尔干半岛以来最美的房间。而且每人只需十欧元。

修道院的餐厅出乎意料地关闭了，我俩在房间里泡速食面。我们得靠它坚持到第二天晚些时候。早晨，我们空腹出发，尽量把自己包裹严密以抵御强烈而潮湿的寒冷。两家餐厅都没开门，而两个小时后，我们欣喜地遇到了正在路上有阳光的地方跺脚取暖的莉莱。她的餐馆就在人行道边上，这是一辆拆下车轮的大篷车，是她的商铺也是她的厨房。一块油布遮出一个避风的露台，成了我们的宫殿，哆哆嗦嗦地等着梦想了三个多小时的一杯咖啡和一顿早餐。莉莱和贝妮蒂克特同龄，看起来却老了十多岁。她骄傲地告诉我们，她二十六岁的女儿生活在加州，会有比她更好的生活。天凉了。她不久就得收起路边餐馆回城，找一份小工过冬。从她的眼神中可以看出极大的倦意。我掏空口袋里所有的第纳尔来支付咖啡费用，我不知道在保加利亚该怎么处理这些钱。当她数钱的时候，她灿烂的笑容告诉我，这是今天最大的一笔生意。我们带着她执意送的蛋糕离开了。谢谢你，莉莱。

边疆名副其实。海拔一千一百米。

5. 九月二十一日，马其顿斯科普里，八个海关

我们进入塞尔维亚后遇到的第一座城市就有"小伊斯坦布尔"之称，全是穆斯林！

一切都消失了……

气氛阴沉而不好客，我们没有在诺维帕扎尔逛。当时所有男人的眼光都盯着我看，一脸的"你一个娘们来这里干什么"，我很清楚女人在咖啡馆里很不受欢迎。

前一天，一个在街上拦住我们的人，非常高兴和外国人练习英语，拒绝和我握手，说是《古兰经》禁止这样做。见鬼，难道我身上有臭味吗？我不知道是宗教还是文化原因让他们如此偏执，但我肯定那里永远不会有男女平等！

总之，在科索沃的时候，气氛是欢乐的，充满活力。人们曾提醒我们那是一个令人作呕的国家，到处都是土匪。我们却发现那里的人非常热情好客，比其他地方更外向，无疑是因为他们长期的移民经历和国家的年轻使他们中的许多人讲英语或法语（有些人在瑞士淘金）。

当和平终于到来，他们迫不及待地想过幸福生活。

珀帕里姆、古里、伊什梅尔、塞拉米、齐亚等人详细地讲述了他们的国家、他们的愿望，有过亲历的还讲述了战争。

一万人失去了生命。是北约该醒悟的时候了。

时至今日，驻科维和部队的身影无处不在。他们的确可以希望未来会更好，因为他们是安全的。总之这就是他们正在做的事情，看着数以百计的楼房正在建设中，随之而来的垃圾，将普里什蒂纳的大平原变成了一个无穷无尽的垃圾场。

　　两百万人口，四百万汽车。到处都是汽车，奔驰车最多，也有法拉利。这里的走私猖獗，腐败盛行。除此之外，年轻人的失业率达到百分之五十，一天工作十二小时的所得是十欧元。但他们宁愿饿肚子，也要买奔驰，花两万欧元置办豪华婚礼。慢慢理解吧……

　　科索沃是阿尔巴尼亚的一个分支，他们渴望成为阿尔巴尼亚的附属国。波斯尼亚-塞尔维亚-克罗地亚已经过时，我们是阿尔巴尼亚人！

　　彼此问候时人们不再用克罗地亚语，而是用阿尔巴尼亚语说"你好"。

　　在塞尔维亚，男人们仿佛都是用斧头砍出来的巨人，鼻子的形状就像容易受风袭击的倾覆的船头。而科索瓦人则比较圆润、柔和、矮小，脸型比较讨喜、开心，眼睛炯炯有神。我们又回到了地中海，而这里弥漫的乐观是快乐的。希望未来证明他们是对的。

　　科索沃人非常讲究舒适，就是在最糟糕的路边巴掌大的一块空台，他们都能让你感觉到你是受欢迎的。尤其是加油站，更是"舒适公路"之冠。柔软绚丽的沙发和坐垫，奇特的喷泉，小植物甚至都不是塑料做的。我们曾在 Esso 的室内庭院，在 BP 的沙发上，睡过香甜的午觉①。

　　东方人开始慢慢地影响了我们。

　　我很少谈到女人，因为我们看不到她们。在咖啡馆，"没有"，

---

　　①　ESSO、BP 分别是法国和英国的公路加油站品牌。

在餐厅，服务员是男的，擦亮待售的汽车或处理数不清的废铁的是男人。他们是开卡车或拖拉机的人，他们是在田里干活的人。

她们在室内。我们在外面。我们想念她们。

路上的幸福，就是有**人行道**！

尤其是看到一条该死的进入大城市不可避免的快车道出现在地平线上。

接着人行道突然消失了，快乐也消失了。

我们深吸一口气，夹紧屁股走上公路，无视那些擦身而过的卡车，我在前，贝尔纳在中间，尤利西斯在后面。它必须在最后面，以防万一被车撞到，它将成为致命的弹射器。

我从来没有想过我会做这样的事情！但和贝尔纳在一起，一切皆有可能。

即使是穿越隧道。

因为贝尔纳是**公路之王**！

对于隧道来说，人行道至关重要。没有人行道，隧道不可行。

人行道永远都不够宽，你得时刻把持悬空的右轮。

惊慌是走入灯泡已经爆裂的隧道部分。

这时候，眼前一片漆黑，是真的黑！

而这，是可怕的。

最后一条隧道只有一百二十米长，贝尔纳决定乘两辆汽车之间的间隙跑过去！他脚底抹油地跑了起来，我尽量跟在他身后，大笑着尖叫。这个男人至今仍在为我制造惊奇……

在斯科普里，第一批梅兹奶酪和小馅饼，和不变的酸奶。

十八　保加利亚

保加利亚。人口 720 万。宗教：东正教为主。2007 年起成为欧洲联盟成员。非欧元区。货币：列弗。首都：索非亚。

被尤利西斯牵累，我们经过四个小时的努力才到达保加利亚边境。和往常一样，在上坡时超过我们的卡车都在等待边检。有点嘲讽的是，我们现在大摇大摆地超过这些庞然大物，抢占了他们的位置。当然，没有司机抗议，好奇心战胜一切。我把两本护照递给马其顿的边检官员，他噘着嘴，手里拿着两份文件，惊愕地看着贝妮蒂克特在排在第一位的三十二吨大卡车前整理尤利西斯。行人有时会被赋予享受一些简单的小乐趣。

到了保加利亚这边，他的同行对我们的小车的兴趣大于护照。他从车轮查看到手柄后，把两本护照递给我，示意我们通过。印戳呢？我抗议，我要印戳。他很乐意地执行了自己的任务，当他知道我们从哪里来和到哪里去的时候，就毫不掩饰地开起了玩笑。海关人员也有权享受简单的小快乐。

我们在一个涌出的泉眼装满水壶后，沿着大下坡向丘斯滕迪尔逼近。保加利亚，以温泉和矿泉闻名，据说共有六百处温泉。经过两个小时的下山路后，我走开去拍一个农民的照片，他坐在由驴子拉着的四轮车上，这是另一个时代的景象。回来的时候，我发现贝妮蒂克特很伤心。尤利西斯的手柄已经断了。没有这根管子，小车是无法驾驭的。我试着用树枝连接起来进行临时修复，但只能支撑十米。它需要焊接。唯一的办法就是搭车到下一个修车铺了。毫无希望，没有一辆车打算停下来。我向一个农妇打听"出租车"，她伴着夸张的手势给了我一段独白后，转过身去。我试着再向一个男人打听。他正在家门前逗着一只红毛乱七八糟的、在房屋和院子之间嬉戏的小狗。他给我做了一个怪脸，我翻译成"我可怜的老人家，我帮不了你"，然后改变主意，从口袋里掏出一个手机。他问我们："咖啡?"一杯咖啡，为什么不呢？瓦伦丁家门上方有一块写着"咖啡、饮料"的招牌。小店关门了，生意不好，但他似乎并不后悔，拒绝向我们收费。和贝妮蒂克特手挽手拍一张照片，对他来说就够了。不一会儿，出租车到了。这是一辆菲亚特500。我怀疑我们的行李和尤利西斯能不能全装进去。但是司机瓦西尔是一个非常冷静而肯定的人，他设法把所有的东西都装进他的小汽车里，带着我们出发了。瓦西尔在达芬奇出生的国家待了六年，意大利语说得很好。贝妮蒂克特很高兴不用再绞尽脑汁地用她那几句塞尔维亚—克罗地亚语——自从离开的里雅斯特以来，这还是头一回——相互认识以后，向他提出了关键的问题，以便尽快修理我们的小车。我们先在瓦西尔的一个修自行车的朋友家停了下来，但他对尤利西斯无能为力。接着我们遇到了博扬，我们看到他正在一辆德国大车底下忙着焊接。焊接是尤利西斯所需要的。当贝妮蒂克特和瓦西尔重新出发去找过夜旅馆的时候，博扬在把尤利西斯像轿车一样吊在金属桥上，修理它的手柄。他说，他的儿子是美国南卡罗来纳州一所大学的数学教授。半小时后，尤利西斯以微不足道的代价重新焕发了青春。

当晚我们发现，我们在过了边境的同时也跨越了一个时区。我把时间提前了一个小时。

丘斯滕迪尔镇上有一条非常宽阔的步行大道，两边种满了树木，挤满了咖啡馆、露台、花园、电影院和一个剧院。全城的街道都通向这条大道，但允许车辆从这个和平天堂通过的却只有一条。人们在这里散步、聊天、享受咖啡。这就像西班牙小城市的黄昏散步时分，暑气散去，人们又有了谈兴。

明天我们将改变计划路线，去参观保加利亚和巴尔干地区最著名的修道院之一——里拉。步行和观光并不总是相辅相成的，因为每一次的好奇心代价是长长的额外步行。但人们的描述太诱人了。我们坐公交车去里拉，走到那里需要整整一周的时间。

海拔一千两百米的里拉是位于广阔森林中的一个建筑杰作。公元八七五年，国王鲍里斯一世放弃鲍格米勒派信仰。那是一种与纯洁派相当接近的教派，法国天主教会将在阿尔比十字军征伐期间与其进行特别激烈的战斗。我想起了围攻贝济耶的军队长官阿尔诺·阿莫里在被告知一些囚犯声称是天主教徒时那句著名的回答："把他们都杀了，"他说，"上帝会认出他的信徒。"鲍里斯一世改宗基督教，退位为僧。但是，当他发现继承王位的儿子弗拉基米尔试图返回到旧的宗教时，他并没有把另一边脸凑过去。他罢免了他，挖掉了他的眼睛，把权力交给了另一个儿子。

十三世纪初，当一位隐士选择此处"以石为床，以天为顶"时，基督教的东正教便在里拉落户了。后来，他创建了一座修道院，寺院不断发展，并以高墙加固。遇到危险时，僧侣们会在中央方塔内避难。这里成了穆斯林大环境下基督教的庇护所。这种状况一直到奥斯曼帝国灭亡。修道院在十九世纪被一场大火摧毁后完全按原样修复，现已被联合国教科文组织列为世界文化遗产。这里没有人山人海，因为没有特别原因，不会有人来这里祈祷。换了三次公交车后，我们终于到了进口处：一道真正的坚固的城堡大门。以它的厚度，毫无疑问可以抵御一支军队。三层建筑呈石砌的长方形，种植着高大的树木。每层楼都通过一个有檐走廊通向庭院。中间矗立着有四个圆顶的教堂和塔楼。巨大的石头被涂成黑白两色用于住宅，黑红两色的用于教堂。教堂内外布满了以教化信徒为宗旨的鲜艳生动的画作。天堂、上帝、身着纤尘不染的长袍的天使、魔鬼、长着蝙蝠翅膀的黑人，布满墙壁。这些魔鬼通过在人类面前挥舞装着金币的钱袋进行诱惑，然后拉着他们的脚把他们带到地狱。天使，长着天鹅的翅膀，面容纯净而无动于衷，用长长的尖矛刺穿恶魔的身体。教堂内的富丽让人难以想象。僧侣们也用黄金的光泽吸引人们吗？枝形吊灯和支撑吊灯的链子是用黄金或镀金金属制成的，圣人的光环是用纯银打制的。祭司的法衣用丝绸和黄金制成。这个由一个放弃了世间财富的人所建立的地方，怎么会变成了保险柜？这个词并不过分，因为在夜幕降临的时候，厚重的铁门被仔细地上了锁。我们再次为信徒们的行为感到惊讶。在入口处有三个十字架的标志，另外三个十字架在一座圣像前，圣像被玻璃罩保护着，人们用嘴唇和额头亲吻玻璃罩。接着是下一个圣像，新的十字架标志，再次亲吻。信徒们倒走着离开这里，按照东正教的方式不断画着十字，先右肩再左肩。东正教是对符号和黄金的崇拜。

我们到了之后，一个裹着黑长袍、头上戴着一顶缝了丝质面纱的黑色软帽的修士，租给我们一间僧房。"租"属于用词不当。僧人让我们签署一份合同，规定在精神之旅中，我们要向寺院捐赠六十列弗（三十欧元），这是一间上等宾馆房间的价格。房间很简朴，严重的漏水把卫生间变成了足浴。没有暖气，但有一大堆被子。我们算是非常幸运的了，因为在这个海拔高度，即使是夏天，房间里早上的温度也有五摄氏度。看来信仰危机也影响到了东正教会，因为在近二十四小时内，我们只遇到三位修士。

一大早离开里拉，一个外表穿着像耶稣基督、自称"乔"的美国年轻人告诉我们他在环游欧洲。作为一名癌症研究者，他想去法国学习语言，与医生无国界组织合作。他计划住在拉旺杜，在那里，他做"WWOOF"[①]的志愿者，一种在有机农场以工作换取食宿的制度。

在我们走过的小城里，在那些小房子前，葡萄架下一串串摇摇欲坠的藤蔓在小街的两边形成了一条令人垂涎的绳索。

萨莫科夫小城坐落在海拔九百五十米的地方。周围的山峰已经被白雪覆盖了。该地区以"七湖"著称，分散于海拔两千至两千五百米之间。夏天的时候，这里吸引了大量的徒步旅行者，但现在已到了入冬时分。我们从目前开始必须注意保暖了，因为在到达土耳其平原之前将一直会是天寒地冻。口袋里装着帽子和手套，我们参观着这座城市。它曾经有十二座清真寺。我们只找到一座已经关门的。我们在极棒的索纳塔旅店用餐，店里用木柴生了火。老板

---

① "世界有机农场工作机会"或"有机农场的意愿工作者"，简称为WWOOF，是一个国际间的松散网络。

娘会说几句法语，老板会说一点英语，早餐时，贝妮蒂克特上了一堂保加利亚语和英语对比课，老师是服务员佩蒂亚，嫁给英国人的她说一口完美的双语。离开的时候，我们祝贺东道主和他们的旅馆刚刚被我们评选为自的里雅斯特以来的"最佳旅馆"。

6. 十月二日，保加利亚普罗夫迪夫

第九个海关，第四种语言，第五种货币。

一贯的宣礼塔和圆顶，彼此相随，在风景中交织在一起。

我们已经搞不清谁是谁，谁说了什么，谁信仰谁，谁为什么付了钱。

我们头晕了。

我们任由脚步带着不断向东走，阳光在我们的眼里逗留到中午。

之后是雨。常常这样。

在马其顿，奔驰和豪华轿车不见了，取而代之的是褪色的红色南斯拉夫 Yugo 45 和老掉牙的拉达。

就像在科索沃一样，不失为得，生活就这样平静地进行着。

日子一成不变。

在路上，我们遇到了很多的善意与关心。有人带着微笑要送给我们一个我们无法带走的西瓜，还有人刹住他的 Yugo 老爷车与我们合影。

马其顿北部的干旱和丘陵地带很像科西嘉岛，但即使是科西嘉岛的环卫工也比该地工人干得更好、更快。这里的环卫工四人一组带着一把铁锹和一个瓶子去执行清扫任务。铁锹是给清扫的人用的，瓶子是用来给大家往喉咙里灌酒的。

指示牌也一样，有时"伊玛"（有），有时"尼玛"（没有）。像在斯科普里（好歹也是首都），进城的路太难找了，以至于我们后来打车出城。司机曾经是工程师，非常有哲学味。他把车反方向地开上了四车道的匝道（为什么不呢？），建议我们十年后再来看看招牌。但我们不会再来了，太丑了，斯科普里。

一如既往，从一个国家到另一个国家的交界处于一个制高点。我们知道得爬山（从波斯尼亚到黑山，一直爬到海拔一千四百米），然后花很长的时间下坡到下一个城市。

边防让我神经紧张。我对苏联时的欧洲记忆犹新，民主德国的边检人员为了整你，可以要求卸载装满布景道具的卡车再重新装车，他们有这个权力，而且毫不客气。

然后，感谢申根，我们非常习惯了自由流动！

但自斯洛文尼亚以来，我们遇到的都是好心的边检人员。不得不说，在小小的边检站，有时只是一个摇摇欲坠的简易工房（沙发和电视还是有的），我们的出现是一件不小的事件呢。

出来探查的边检人员报告副关长，外面有法国人和一辆奇怪的自行车。副关长出来，从探查的边检人员手中接过护照，去报告坐在沙发上的关长，关长出来看新闻。总之，整个简易房的人都出来了，每个人都说着或流利或令人生疑的英语或者法语单词。他们指给我们最近的咖啡店或供水点，然后又回去乘凉或取暖。

对边检同样有着不愉快回忆的贝尔纳，这次特别奢侈，非要在他的护照上盖章。还要注意谁忘了盖或盖得不够清楚！

不拿到印戳我们是不会走的……

开始的几次，我拉着他的袖子，小声对他说："走吧，走吧！"

能过关就不错了。然后我看到，为我们盖上"纪念章"，这让他们很高兴。

所以，我们的护照现在已经盖满了印戳。

保加利亚的开局喜忧参半。过了边检站十公里，尤利西斯的拉杆在荒郊野外断了。抛锚了。

这给了我们遇见好人的机会：瓦朗坦给我们叫了一辆出租车——在路上根本拦不到车——然后是瓦西里，幸运的是，他会说意大利语，直接带我们去找机械师博扬，一个有着一双清澈大眼睛的温柔男人，他在需要的地方焊接、打钻头和拉锯，让尤利西斯重新站起来。我们在转战中丢了地图，倒霉的是，谷歌地图也找不到我们。不是一片空白就是黑洞，该地区"无信息"，鬼知道为什么。我们必须找到一张地图。

这一次，拉丁字母确实是消失了，我们不得不去用西里尔字母。轮到贝尔纳出马了，靠着搜刮他走丝绸之路时残余的对俄语的记忆，而我则在迅速地学习此地礼貌和生存的新公式。

保加利亚人比科索瓦人严肃（无疑可能也不那么滑头……），个子更矮、更胖。在路上也更不"公平竞争"，在路上你会被任意超车的疯子大声吆喝，屁股被车蹭到。很不舒服……

我也终于用手势来骂脏话了。啊啊啊……

保加利亚是一个拥有葡萄藤、葡萄酒、修道院（隐藏在山中的美妙艺术品）、牛肚汤和羊奶酪（嗯哼）的国家，但最重要的是，是那著名的保加利亚歌声，二十多年前，这些声音曾是我生命中的一见钟情的音乐。

天时地利人和，我们幸运地在一个小山城的市府礼堂里又听到了这歌声。当晚有保加利亚俱乐部和皇家马德里的足球赛，大厅里空了一半：无人能与足球抗衡……

昔日的情绪完好无损，颤栗从头一直到脚。我感觉她们只为我一人歌唱着……

毕竟，为了聆听，我已徒步了两千四百公里！

我们的尤利西斯经历着碰撞测试：四十八公里，两次爆胎，最后一次是在傍晚六点左右，也就是白昼溜之大吉、我们必须找地方过夜的致命时刻。我们总是在匆忙的时候崩溃，不是吗？我必须告诉你们，贝尔纳补胎和换内胎的速度比他的影子还快。

巴尔干半岛的二十四小时，天天如此！

好吧，明日我们要走三十五公里到达普罗夫迪夫，不能大意。

通常，我们认为自己没有准备好，必须要有章法，但这样做了以后，才发现我们其实完全准备好了。

身体硬朗了，耐力就来了。足下生风，肌腱炎几乎被遗忘。

贝尔纳的忍耐力是他的生命的一部分。和奥贝利克斯① 差不多，他小时候曾经穿着木拖鞋每天骑车十二公里上下学两次，脚上都是冻疮。

再加上十年的马拉松赛跑和六十多岁时走的一万四千公里，小腿肚自然发达……

---

① 《高卢英雄历险记》中的人物，因掉入药水缸中而力大无穷。

我们状态不错。甚至两个月内都没闹过肚子。我们吃对牙齿和肠胃有好处的食物。我们是在遇到那个臭名昭著的速冻披萨时才意识到中招了。不过只发生了一次。至于法式餐厅，那还是免了吧。

两个月中，我们就像汽车旅馆门上写的那样，00—24（一天二十四小时）并肩生活和行走，以前因为两人都忙，我俩从来没有体验过这种近距离的生活。尽管有问题要解决，有疑惑，有疲惫，有忧郁的早晨，我们仍然没有吵架。有点蹊跷……

我们的队伍能坚持到伊斯坦布尔吗？

下一集你们就知道了！

从萨莫科夫到科斯特涅茨，我们在坎坷的路上走了三十八公里，爬升（海拔最高时达一千多米）与潜入山谷交替。在迪亚尼旅馆吃晚饭时，我们跟服务员聊天，服务员很高兴地练习她通过函授和看电视学到的好英语。随后，贝妮蒂克特向她讲述了自己对世界著名的保加利亚女子合唱团的崇敬之情，并询问了沿途可能举办的音乐会。年轻女子笑出声来：这些唱歌和呼吸一样自然的女人，她每天都会遇到，她们是她的邻居。今晚就有一场免费的音乐会，你可以在那里听到她们。猜猜在哪里？就在这儿，在科斯特涅茨，离我们几百米的地方。音乐会才刚刚开始。等不及吃甜点，贝妮蒂克特跑去拿她的录音机。十分钟后，我们已在音乐会现场，目眩神迷。身着传统服饰的女人们有一种很特别的混声方式。这是三四十只色彩斑斓的夜莺在一种感人的喜悦中，把音符推向天空，我们愉悦的灵魂挂在她们的裙尾。贝妮蒂克特感动得泪流满面。遗憾的是演唱会已经接近尾声，让我们激动又沮丧。在大厅里，晕头转向的我们抓住了一位歌手，拉丽萨，她宣布剧团将于十月一日在——萨莫科夫举行一场音乐会，也就是我们今天早上离开的那座小镇。贝妮蒂克特很后悔。今天是九月二十七日，我们最多可以等上一两天，但难以在这里待上五天。我们必须继续前进。上床睡觉的时候，我们为能抓住这个前所未有的机会而感到满足。

第二天，我们开始了一段长达四十八公里的跋涉。我们的肌肉已经变硬了，虽然有时仍会感到疼痛，但我们现在有信心能够走到最后。天气很好：阴天，气温适宜，地势即使不平坦，至少没有我们穿越的山脉那么崎岖。自从贝妮蒂克特被迫中止行走后，我们就一直非常克制：缩短日行程，最大限度地补充水分，规律地休息。所以是时候尝试一下极限测试了，依然沉浸在昨晚音乐会中的贝妮蒂克特开玩笑地说。她告诉我，她很早以前就发现了保加利亚的合唱团，当时人们听的还是三十三转黑胶唱片。她被征服了，她买下了所有能找到的这些天堂鸟的录音，并将这些美妙的复调改编为两个声音，包括她自己的声音。我们对计划中的萨莫科夫音乐会念念不忘。制定出一个补救方案不需要很长时间。我打电话给萨莫科夫的旅馆，要求和佩蒂亚通话，她确认了十月一日的音乐会。我们请她为我们预留两个名额，请她让餐馆老板先垫付。我们将继续步行前往普罗夫迪夫，这是保加利亚的第二大城市，我们计划在那里休息一天。从普罗夫迪夫出发，我们将乘车返回萨莫科夫，参加十月一日的音乐会，这样将不会太耽误我们的行走计划。我们顺便让佩蒂亚在我们深深青睐的索纳塔预订了一间房间。贝妮蒂克特因为将再次见到她的偶像而高兴得发狂，在柏油路上失重地走着。

早上七点钟出发，晚上七点半到达帕扎尔日克，天色渐暗，极度疲惫。尤利西斯的左轮被刺破了两次——当场进行了修复，因为我常带着一个备用内胎，但没有第二个。我的大腿疼痛已经出现了好几次，无疑是在提醒我是个老人了，但内啡肽的作用已经发挥出来了，我还能走路，也不至于太疼。贝妮蒂克特也已经战胜了考验。三天一百二十五公里，对于腿脚不灵便的我们已经相当不错了。我们离到达普罗夫迪夫还有三十七公里。

第二天，在经历了前一天的壮举之后，出发比较费力。我们的老伤痛很快就苏醒了。而这条路也是致命的危险。这是一条双车道，但保加利亚的驾车者表现得好像有三条车道。而危险更因了路边的葡萄商贩而扩大了十倍。在保加利亚，每年秋天人们会进行一种完全非法的烹饪：将苹果或葡萄加糖转化为一种高度烈酒，因为它含的酒精度高达七十度。农民把一袋袋五十公斤装的水果堆积起来，顾客把这些水果装进行李箱。违法行为如此泛滥乃至没有必要遮遮掩掩呢，还是有关部门睁一只眼闭一只眼？有好几次，汽车在看到稍稍退向灌木丛的摊贩时冒着追尾的危险急刹车，如果出现意外，我们显然是第一个受害者。在这条笔直平坦的道路上，我们将不会是第一批受害者，因为有十几个人的生命在此终止，化成家人们为女儿、儿子、丈夫、父亲堆起的小祭坛。按照他们亲人的经济条件和信仰，不少坛前还有些物什。石头上镌刻的照片（我们甚至发现一家三口在同一块牌子上）、长明灯、各种十字架、花园、桌椅板凳、水泥边框。那么多悲惨的故事，有时还配上了照片，比如这个年轻英俊的少年骄傲地坐在一辆红色德国车的引擎盖上。而在他旁边的草地上，是那辆被毁的猩红色汽车一块扭曲的残骸。有的则摆了一个方向盘或一个车轮。这些遗迹没有任何威慑力，附近道路上的司机都英勇加速，以免错过约会或是生命的终结。

道路服务部门想出了一个绝妙的点子，在道路两旁种上不同种类的树木，每十公里左右一个系列：核桃树、垂柳、桦树、菩提树、桦树、椴树、梧桐树。他们忘了维护。以至于灌木向着马路生长，直到太过靠近，被过往车辆切断。树枝由卡车修剪着。看上去，像在植物帘子上雕琢出来的绿色帽子，每经过一辆车就会颤抖一下。而帽子下，就是我们两个人，极度紧张，没有护坡可以躲避。我们就这样走在大路上，面对飞驰而过、往往在最后一刻才看到我们的汽车。但还有更糟糕的事情。当我们这边的车道有丝毫喘息的时候，在对向车道上，急躁的人就会趁机超车。我们没有看到他们在我们的背后。有两三次，过往的汽车都以每小时一百多公里的速度超过我们。那天，当一辆卡车差点碰到我的胳膊肘时，我们沉默了好几分钟，试着恢复平静。难道，轮到我们在那些沥青路边的祭坛里留下生命？

路即市场。在乡镇，农民还有罗姆人在卖西瓜。墙上挂着辣椒、洋葱、葱，青瓜、黄椒、红椒。房屋前，人们在堆放木材，以备即将到来的冬天。在一个路口，警察在远处打量着我们。他们有三个人，排成一排，有点像路障，目光注视着我们，完全忽略了周围混乱的交通状况。这将是我们的第一次身份检查吗？当我们走近时，其中一个人急忙打开警车后备厢，拿出两瓶清凉的矿泉水，然后三个人带着灿烂的笑容把水递给了我们。

到达普罗夫迪夫很费劲。尤利西斯和我们一样，讨厌老城区街道上的大圆鹅卵石。人们说，这个青年旅社已关闭三年。隔壁旅馆迷人的女主人租给我们一间房，还主动建议给我们洗衣服。我出门去寻找补内胎用的圆橡皮，因为尤利西斯的车胎在危险地漏气，我已经用尽了我的存货。一个杂货铺的老头，卖给我一盒五十个，他说不零卖。虽然气候很温和，但我们消耗了过多热量，坐在餐桌前却在发抖。一碗好汤，一个热水澡，一个睡到八点半的懒觉，就能让我们重新站起来。

普罗夫迪夫是座美丽而干净的城市。一队队的环卫女工一大早就开始扫街，一块街砖一块街块地清扫，而且每个人都打扫自己的门前。在这里，金碧辉煌的东正教教堂又与清真寺并排而立，其中一座清真寺，气势恢宏，是奥斯曼时代巴尔干地区最大的清真寺。老城很精美，有半木结构的房屋和角楼。它们被涂成鲜艳的颜色。其中有一个是拉马丁①的家，他在《东方之旅》时就住在这里。这些房屋坐落在倾斜的山坡上，形成了一个保存完好的罗马剧场展示区。再往下走，可以参观一个古体育场的遗迹，这个体育场长一百一十四米，可以容纳上千名观众。

在巨大的有点苏联风格的中央广场上，我们遇到了佩特科，一位退休的工程师。他告诉我们，他经常去巴黎，巴黎的前五个区他都会不厌其烦地考察。他的女儿玛蒂娜是一名记者，曾在那里工作。她现在是保加利亚第二电视频道驻纽约的记者，他为她感到非常自豪。他的儿子是一名画家，正在完成学业。我们去画廊看了他和其他十几位艺术家一起展出的作品。佩特科向我们证实，这个行业竞争激烈，因为城里共有画家四百五十名，创了保加利亚纪录。

亚历山大一世大道带点地中海风情。从傍晚六点开始，这里就是示众与会晤的社交场所。女孩子很漂亮，长发飘飘，穿着必不可少的牛仔裤，诱人的低胸上衣。音乐家和舞蹈家在现场表演。在上世纪由瑞士人设计的公园里，涌入了大量的体育爱好者、恋人和孩子。在相邻的一个广场上，各政党都搭起了帐篷，展示自己的纲

----

① 拉马丁（Alphonse de Lamartine，1790—1869），法国诗人、作家和政治家。

领，因为三天后将举行立法选举。在露台上，人们充满激情地改造着世界。

这里的集体生活观念很强烈。当选官员和当地百姓都在为普罗夫迪夫被指定为二〇一九年欧洲文化之都而努力宣传。保加利亚青年志愿者组织英语导游参观城市。该服务是免费的，但游客们被邀请为其他文化项目捐款。我们在老城区的一位小提琴家的雕像前停了下来。他以为自己可以批评政府。几天后，他被逮捕，从此杳无消息。他的朋友们筹款做了这尊雕像。在这个夏末夜幕降临时分，女孩们和男孩们爬上俯瞰全城的山头，凝望着他们有着三千年历史的灯火通明的城市。

大约三十年前，市政府决定在一个时常拥挤的十字路口挖一条地下通道。刚一开工，就铲出了奇美的古代装饰品。挖掘机开走了，科学家进场。他们发现了一栋宏伟的古罗马房子，其中的核心是一个女人的马赛克肖像画像：伊琳娜。于是决定在原地建造遗迹博物馆，正好在十字路口下。汽车将改道行驶。伊琳娜的房子可以追溯到公元二世纪，当时这座城市被称为菲利普波利斯，以亚历山大大帝的父亲马其顿国王的名字命名。馆内还收藏了一批独特的半透明玻璃小物件，它们分别代表着大地、天空、智慧、火焰和罗盘方位。它们的历史可以追溯到公元四或五世纪，来自希腊或保加利亚的古墓。

贝妮蒂克特现在已经对写作产生了持久的兴趣。我时常欣喜地看到她专心致志地沉默着。我的结论是，她正在为我们准备一篇朋友们将来肯定会说很喜欢的新专栏。

显然，他们不能指望我这个作家寄明信片……

7. 十月五日，保加利亚哈曼利

我们从克罗地亚起行走的巴尔干大褶皱，从普罗夫迪夫展开，一直平铺到黑海，然后被吞噬。

其结果是，被高速公路接替之前，道路变成了一条恰好处于索非亚—伊斯坦布尔轴线上的，长长的、笔直的、平坦的带状物。

也就是说，在这该死的八号公路上，我们不是独行者。

经过两天耳朵里不间断地充斥着发动机的噪声，又没有任何小路让我们喘息，我差不多要断气了。

而当发现我们在哈斯科沃最后一刻找到的宾馆一楼有一家夜总会，而且是周六晚上，我崩溃了。

贝尔纳具有从噪声中抽离出来的非凡能力，他也受够了。我们决定尝试走小路，这意味着要冒险绕道和迷路。如果时不时地遇上一个牧羊人或经过一辆卡车，这种情况早就发生了。因为路始终是笔直的，直到下一个岔路口。而此时，如果地平线上只有羊群，那就得掷硬币选择方向。

我们不会再这样做了。意外太多。田园风情代价太昂贵。但我们非常高兴曾经享受了阳光下彻底的宁静和保加利亚的乡村，虽然在空荡而残旧的村庄里找不到问路人并非乐事一桩。

在路边，你可以找到一切。成千上万的塑料瓶，当然还有各种包装盒和听装饮料——红牛万岁！——雨伞、内裤、打印墨盒、耳环、数百个螺栓和螺母——足以开一家五金店——汽车的碎片、猫、狗、狐狸、蛇、刺猬、鸟、老鼠、黄鼠狼的尸体，还有自意大利以来不间断地为车祸死者所设的迷你祭坛。

在保加利亚，它们比其他地方更精致。有带着圆顶的迷你东正教教堂，价格高低不同的迷你大理石墓或石碑，死者的照片被钉在倒霉的树上，有时还伴有一件不和谐的物件，比如导致一个年轻男子死亡的红色宝马的翅翼。受害者和凶手……

这些是我们遇到的唯一的死人，"残酷的"公墓已经消失了。我们已经很满意了。

幸运的是，我们遇到更多的是活生生的生命。那些人把葡萄整箱整箱地卖掉去做出名的烈酒"拉伊基"，或者是卖掉那些似乎从天上掉下来的成吨的南瓜。还有那些茨冈人，这里的茨冈人很多，他们向我们打出很滑稽很奇怪的手势，大摇大摆地坐着马车，或者骑着一辆转手了二十五次的电动车。然后我们竞赛。但遇到上坡时，我们每次都会输。

当他们步行时，也总是带着一个有轮子的奇怪东西，他们立即停在尤利西斯面前，兴趣盎然。我们有意搭讪，可惜语言不通……

离开我们之前，他们总能从我们这儿要到几个小钱。虽然我们也步行，也有轮子，但我们仍是他们眼中那些到了晚上就睡在（或多或少）干净的床单上、把肚子吃得饱饱的异族。

自克罗地亚起，我们发现了两种类型的宾馆。

A. 宾馆——不正常。

B. 宾馆——正常。

在 A 类中，有两个子类。

A1. 宾馆——本该正常。

A2. 宾馆——完全不正常。

在 A1 中，我们可以看到了苏联模式，有两百五十个房间，五百平方米的餐厅只有两个客人。在房间里，六个灯泡中有三个"不正常"。卫生间漏得厉害。如果抽水马桶坏了，他们会把你换到另一个房间，并锁掉你之前的房间。令人毛骨悚然的冰冷氛围。

在 A2 子类中是一塌糊涂的汽车旅馆，最烂的旅馆。浴室里到处漏水，马桶自从铁托死后就没有被刷过。三个冷战时期装的灯泡都"不正常"。人们用一盏摇摇晃晃的霓虹灯代替。你碰到的一切都会留在你的手里。床垫是一个沙发底座，你数着弹簧到早上。低级酒吧的氛围。

在 B 类中，也有两个子类。

B1. 基本正常；

B2. 正常！

在 B1 中，浴室有少许漏水。女厕所的马桶盖会掉在你的背上，我不好说男厕所的马桶盖会掉在哪里。六个灯泡中亮五个。

在 B2 中，所有的灯泡都会亮，**完全没有**漏水（至少我们不知道），早餐有烤面包机，走廊里有联网的电脑，气氛温馨友好。而且，你根本不会迷路，它的指示路标做得很好。我们只找到了一家：萨莫科夫的索纳塔旅馆，在山上。如有需要，我们可随时给你们奉上地址。

还有当地人家、修道院、不太年轻的青年旅社的房间，救了我们好几个晚上的帐篷，最后，还有一个小教堂。

晚上我们累得够呛，睡哪里都可以。发现一张床，有淋浴，有水槽来洗我们的衣服，始终是一大乐事。

我们问彼此，是否能在这些充满意外的国度悠闲地生活？

贝尔纳说，他无法阻止自己去修理一切"不能用的东西"，而我也不能阻止自己去清理整个巴尔干地区的所有垃圾堆和垃圾场。

那好吧，算了吧。

毕竟本性难移……

这具行走的身体，的确就是贝尔纳一直唠叨的那个了不起的我。我的骶骨里有一个小发动机，它能让我自动前进，即使是在水中。了不起的东西！但我花了一个月才让它正常运作。

培养缓慢和耐心所需的时间。

尤利西斯磨破了第二副轮胎。我们在斯维伦格勒的米特科家给它换上了全新的。

我们可以继续前行了。

为了避开通往土耳其的唯一大路，我们将去希腊人那里待两天。

我们经受住了成群结队的亚得里亚海度假者、逃离了波斯尼亚的地雷、塞尔维亚的连环杀手、科索沃的暴徒和保加利亚的大雪。

我们能抗住噪声吗？？？

下一集你们就知道了！

十月一日，普罗夫迪夫。我们收拾好一个小包，把行李寄存在房东家，乘车前往萨莫科夫，去那儿参加盛大的保加利亚民歌音乐会。再次经过科斯特涅茨，还去了贝洛瓦——奇特的村庄，那里有一个重要的造纸厂。为了补贴家用，居民们大量购买卫生纸，然后零售给过往的驾车者。有些门面几乎消失在堆积如山的卫生卷纸和纸巾后面。

　　民歌在保加利亚仍然非常活跃，虽然这种音乐形式在大多数欧洲国家已消失，淹没在现代音乐的洪流中。在乡村，这种独特的音乐保留了下来。好几支保加利亚的合唱团受到了世界范围的邀请。他们的复调，既传统又深奥，被具有惊人美感的嗓子唱出来，呈现出一种奇异的和谐。让我们大吃一惊的是，大厅里只坐了四分之一的人。我们很快得知，今晚保加利亚足球队将对阵皇家马德里队。不公平竞争。不过这使得贝妮蒂克特可以选择最好的座位来录音。从她的喜悦之情来看，我可以肯定她会专程赶来，只为这样的晚会。

　　这个十月三日，从普罗夫迪夫出发时，空气寒冷，天气预报下午会有雨。我们只知道一件事，计划中今晚的歇脚点没有旅馆。中午，我们在一家装饰成坚固城堡的肮脏餐馆里吃了汤和煎蛋，价格不菲。我很惊讶，服务员却对我的惊讶感到惊讶。她说："你们是唯一的顾客。"所以我付的钱要能够让她、她姐姐和她丈夫——三个胖子吃饱肚子。当然,可以这么说……稍远一点的咖啡馆里,服务员向我们承诺,二十公里外有一家旅馆。走吧,要想睡在干燥的地方,就走吧。

一辆汽车驶来,警示灯亮着。一个男人下了车,走近一棵树,抱住它。走近后,我看到树干上钉着一张照片。他拥抱的是照片。树脚下,一束花。我俩止住了脚步,那人立刻表现出想说话的表情。"你们是法国人?我去过你们的国家,去凡尔赛看我儿子,他在一家法国公司工作。他的车掉进了沟里,撞上了这棵树,停在远处的田里。我儿子在索邦大学学习。他以班级第一名的成绩毕业。他很有天赋,会说好几种语言。"贴在树上的纸上写着他二十九岁,今天离他出事正好三个月。在同一棵树旁,有两块刻字的大理石牌匾。一块是为了纪念一个一九六八年出生的年轻人,另一块是二〇一二年在这里遇车祸身亡的另一个男孩。父亲竭力控制自己的情绪,脸上像是布满了鸡皮疙瘩,他又拥抱了一下儿子的照片,一言不发地回到车上,向着自己居住的普罗夫迪夫走去。

我们行走在死者中间,尽管是脆弱的行人,但我们时而会奇怪地感觉到自己很坚强。

不一会儿,另一辆车从我们身边经过,驾驶员向我们做了一个友好的手势。车子停在两百米远的地方。男子下了车,抓着原本固定在车顶的自行车。当我们到达时,他问我们从哪里来。

"法国。"

"从法国来的?我住在巴黎,我是个演员。"

"我也是。"贝妮蒂克特说。

"我刚从阿维尼翁戏剧节回来。"

"我也是。"

真是太巧了!

该男子名叫盖拉西姆,九月初骑自行车离开巴黎,前往家乡斯维伦格勒。

他说:"我正在反方向地重复着我二十岁去法国师从哑剧演员马尔索的路程。我在每个城市都有一场表演。昨晚在普罗夫迪夫举行了一场演出,十月九日我将在斯维伦格勒重新登台。"

他骑上自行车,重新上路,后面,他的妹妹内维娜开车跟着。

这天上午,无法承受路上前所未见的拥挤交通,我俩逃之夭夭。一条小路把我们带到一个小镇子上,在这里我们遇到了麻烦。围在我们身边的这群人,大约有十五个年轻人,一点也不友好。其中一个人问我们是不是黑手党。法国人?这些人脸上的表情,说好听点是不信任,说难听就是敌意。我开始觉得我们有危险了。极度贫穷的地方,撞坏的道路,敌视的目光,这一切就像是我们自投罗网的陷阱。我在亚洲也遇到过类似的地方,在那里,欧洲人即使身无分文,也被认为是口袋里装着来自英国王冠上的珠宝。我俩极可能被袭击和抢劫。我的守护天使告诉我必须做点什么。

一个四十多岁的男人驾车到来,他向年轻人打听了一番后,马上用完美的英语对我们说:"调头往回走吧。"我们不可能回到国道上,我们正是为了逃避才到了这里的。那人挠了挠头,命令那些紧紧围着我们的青年往后退。他在他们中很有威信,只有六七个人不愿服从,其余的都远离了我们。林博,这是他的名字,然后问我们要了一张大纸,画下了我们必须走的路线。他提醒我们,前方没

167

有路和路标，只有泥土小径，很陡的坡路。像是为了继续劝阻我们，他又补充说，我们沿途将路过一个每天都有射击演习的军事场地。他转向年轻人问了一个问题，然后具体道："今天是星期天，也许他们不会开枪。"

我们上路了。他指给我们的柏油路很快变成了布满深裂缝的石子路，然后是一条简单的山间小道。我回头看了好几次，确定没有被人跟踪。我们俩拉着两个轮子不断摇晃的尤利西斯，尽管天气凉爽，我们依然大汗淋漓。终于到了顶峰。风光迷人，我们在草地拍照留影，尽情享受着原始的美景。小道分叉，转弯，时隐时现。我们从山下一栋楼前经过。一个士兵从哨卡里急急忙忙地走出来，用望远镜观察我们。在名叫莫米娜的小村子里，只有三四栋房子没有被毁掉。该走哪条路？出村有三四条路，没有任何标识。左右为难。我去敲扇门问路。这是一个罗姆人的家庭，父亲马上提出要我们付一大笔钱，他开车送我们去目的地哈曼利。他的女儿大约十二岁，眼睛翠绿，向我伸出手，拇指滑向食指。我又一次觉得自己被人看成了一堆金子。像在东正教堂看到的那样，我也倒着走出这户人家，但只是为了避免被攻击。经过不少波折、与当地人乏善可陈的例行偶遇，体力竭尽的我们到达了距离哈曼利几公里的拉里扎宾馆。这个周日所走的弯路，已经被崇高的风景和静谧的环境所弥补。不过，我们还是走了三十八公里多的路程。这有失理性。而且总的来说，车速快、噪声大的马路，也许比乡村的危险性更小。

清晨七点，哈曼利是一座绝对忧伤的城市。工厂沦为废墟，关闭的宾馆门前野草丛生，街道上空荡荡的，房顶上布满了天线或卫星天线以接收到最大限度的电视频道——人们的现代鸦片。一家饭店提供早餐，店主向我们保证，用保加利亚货币列弗标明的价格，等于欧元支付的价格，这等于把价格翻了一倍。鉴于账单上的数字微不足道，我自娱起来，虽然他把我当成一个十足的傻瓜，但我还是假装相信他。

我们的确走在丝绸之路上。丝绸即"斯维伦"，镇或村叫"格勒"。斯维伦格勒及其周边地区生产了大量的蚕茧，并出口到意大利和法国。蚕病摧毁了这个产业。但斯维伦格勒的优势在于处于通往土耳其的交通轴线上，因此保留了部分经济平衡。我们进城的路上，竖着一个大牌子，介绍说这条路是欧盟花了整整一千二百万欧元修建的。可惜幸福总是短暂，现在又建成了一条与之平行的高速公路。我们走的这条路因此几近荒废。现在，我俩对身体状况很放心，因为我们能够每天走三十五到四十公里的路程，而不至于被始终存在的疼痛折磨到无法忍受。

我们穿过斯维伦格勒的主广场，像往常一样在一天结束时寻找住宿，一扇窗户朝着一栋外墙看似市政府的建筑物打开。盖拉西姆出现了。他骑自行车到这里已经好几天了，正在为年轻人排练演出。他妈妈邀请我们去吃晚饭。斯拉瓦·迪奇利娃是个可爱的人，法语说得很好。她的确是教了一辈子的法语。而她的儿子选择移居到我们的国家，无疑是因为受到了法国文化的滋养。尽管秋凉，我们仍在她的花园里吃饭，边上生了柴火。斯拉瓦一年中部分时间待在斯维伦格勒，另一部分时间在首都索非亚。她给我们做了多汁的肉丸，红椒里塞满了奶酪，再配上美味的酱汁。真正的享受。斯拉瓦很高兴能说法语。我们谈到刚刚举行的议会选举。土耳其族少数派的竞选非常积极，虽然只代表很少量的人口，却取得了百分之十四的好成绩，而基督教徒的竞选，伴随着二十来个候选名单出现的是秩序混乱和局面动荡。女主人说，在这样散乱的秩序中国家不知道该怎样组建政府。我们也略微聊了一下文学。由于我毫不谦虚地承认刚刚出版了我的第一部小说《手握世界的罗莎的故事》，我答应回去后就把书寄给斯拉瓦。看完后，她必然会感谢我，为难得收到一位法国作家的作品而感动。

一大早，盖拉西姆到宾馆接我们，并带我们去找他的自行车队教练米特科·彼得罗夫。他有新轮胎，可以取代尤利西斯随时可能爆裂的旧胎。我们去喝咖啡的时候，米特科用同一型号的轮胎进行新旧拆换。回来后，他不好意思地递给我账单：十六列弗，也就是八欧元。为了弥补他以为的高昂要价，他送给了我一个备用内胎。

踏上马里察河上美不胜收的、有着十六个石拱桥洞的穆斯塔法帕夏大桥，已经过了中午十二点。这座大桥是将彻底改变清真寺建筑艺术的土耳其最著名的建筑师米玛尔·司南的早期作品之一。走高速公路的话，土耳其的第一座城市埃迪尔内离我们只有二十八公里的距离。但这条极其繁忙的公路对我们而言无疑如同炼狱。不可能走这条路。为了保护我们的神经、我们的耳朵，也为了保全性命，我们决定借道希腊绕一个五十四公里的大弯路。过了边检后，我们发现自己又一次踏上了一条质量极好的公路，这是一条四车道的公路，同样由欧盟出资修建，但完全没有人烟。再往前走几公里，在边界的另一边，可以看到让我俩心怀惧意的斯维伦格勒-埃迪尔内直达高速公路，数百辆汽车和货车在上面急速行驶着。这条新的荒芜大道给我们带来的欣喜并没有持续多久，因为我们很快就意识到，我们其实是被困在这条超安全的道路上了。高高的金属栅栏防止动物窜入沥青路面，也阻止了行人绕道附近村庄。万里长空，口渴难耐。带的水都喝光了，得去找水。下午五点左右，我们终于找到了一条出路，向在建材库房里工作的工人要水。

这片种植棉花的地区是沼泽地，一旦凉快下来，我最讨厌的蚊子就会成群袭来。即使涂上了驱虫剂，这些讨厌的虫子还是会想办法进入我那几平方毫米没有保护的皮肤，成为它们吸吮的美味。我们绝望地想找到一个藏身之地。不敢再做旅馆梦了，工人们已彻底打破了我们的幻想。奇迹出现在一条平行的小路上：那儿有一座东正教的小教堂，完全与世隔绝，而且对外开放。门前的小院子开着鲜花，装了一个水龙头。我们把尤利西斯停在后面，然后安顿下来。教堂很小，分为两部分。一个几平方米的公共空间，有椅子，桌子上放着棋牌游戏。另一部分显然更有宗教色彩，有圣像和蜡烛。当两个妇女从名叫迪卡的邻村徒步赶来时，我们担心会被赶走。但结果出乎意料：她们每天晚上都来关门。听我们说明了情况后，她们彼此交谈，其中一人说服另一人让我们睡在这里。她们在亲手点亮的烛光中，微笑着祝我们晚安后离去。

早上，当我们准备离开时，一辆小货车停在门前，一个人下车后在院里的水龙头下洗手。贝妮蒂克特用保加利亚语跟他打招呼，因为她不会用希腊语问好。他返回车上，回来时递给她一块面包和两块葡萄干蛋糕。他解释说，他是保加利亚人，来希腊卖面包。贝妮蒂克特对这份意外而又自发的礼物非常惊讶，甚至没来得及说声"谢谢"，小货车就出发了。

十九 阿德里安堡-埃迪尔内

土耳其。人口7940万。根据国父阿塔图尔克的意愿建立的世俗政权。人口中绝大多数为穆斯林。库尔德少数民族的政党代表为库尔德工人党（PKK），其领导人奥贾兰被终身监禁。加入欧洲联盟的谈判始于——二十八年前。货币：土耳其里拉。首都：安卡拉。最大城市：伊斯坦布尔。

我有点忘记希腊和土耳其的关系就像猫与狗。自里昂以来，我们第一次在过边检时看到武装的士兵，肩上扛着机枪。我们已经习惯在各个国家的边界标志前自拍。这个二〇一四年的十月八日，我们越过第十一道国境线，正准备在土耳其边关哨所前举行仪式时，一名士兵挥着武器，威严地打消了我们的念头。的确有块禁止摄影的告示牌。我们在土耳其迈出的第一步有点沮丧。但在离开警察不远的地方，我们发现了一块写着"土耳其"的路牌，让我们得以完成了自拍仪式。在第一个镇子里，三个小老头正在露天聊天。一看到我们，他们就打出大大的手势："一起喝茶吧！"快乐的、具有感染力的笑声，三个人的牙齿加起来不超过十颗。他们毫不犹豫地与贝妮蒂克特紧紧握手。茶室的主人立即出来，拿着装得满满的小郁金香茶杯。茶杯具有少女的体态，纤细的腰部和喇叭状的颈部，容量非常小。土耳其人从早到晚喝个不停。他们请我们讲我们的故事。离开的时候，彼此都为这初次相遇而非常开心。现在，我们在去埃迪尔内的路上。

正如拜占庭在成为伊斯坦布尔之前曾叫作君士坦丁堡，埃迪尔内曾经是阿德里安堡，甚至在十四至十五世纪期间还是奥斯曼帝国的首都。历史折腾着这座城市。一九一三年五月，它不再属于土耳其人，而成了保加利亚的领土，三个月后又回归了土耳其。一九二〇年，它被送给希腊，并重新启用阿德里安堡这个名字，一九二三年被送回土耳其，再次重新命名。这是一座美丽的城市，历史纷繁复杂。维基百科告诉我，在十九世纪，这座城市居住着三万名穆斯林、两万两千名希腊人和一万两千名犹太人。埃迪尔内被我们在普罗夫迪夫和斯维伦格勒看到的马里察河穿过。市中心有一条非常宽阔的萨拉克拉步行大道，闪闪发光着东方色彩的布料和水果，鲜红的鱼鳃被翻开以示鱼肉新鲜。就在边上，三个年轻人忙着烤鱼，顾客则坐在沿人行道排开的桌前吃鱼。小本生意做得红红火火。那些没有店铺的就用小推车做买卖；没有推车的，商品就装在挂在胸前或顶在头上的长方形的篮子里。这种鲁斯坦帕夏 ① 商队的温暖和保护气氛将我带回了丝绸之路的世界，回到了"骆驼宫"——在那里，人们在永远不会空的茶杯前，佯作轻松地谈着生意。一切都可以谈，坐在搁脚凳或凳子上，在两平方米左右的小单间里。土耳其的商业文化涉及面非常广泛。数不清的袋装菜干，珠宝店的橱窗金光闪闪，糕点铺的蜂蜜蛋糕闪着柔和的光芒。看到我们来自远方，就报给我们游客价格。在任何情况下，商品都不会有

---

① 鲁斯坦帕夏（Rüstem Paşa, 1500—1561），奥斯曼帝国最具影响力、最富有的政治家。

明码标价，因为谈判优先。它是东方贸易的发酵剂和引擎。

我们与两个穿校服的女孩擦肩而过。在世俗的土耳其，统一制服是强制性的，而面纱是被禁止的，至少在学校是这样。但我们也看到一个穿着短裤的年轻女孩穿过人群，步行街上所有男人明亮的眼睛都被她背影的下半部分磁化了。噪声是风景的一部分。如果说在商店和咖啡馆里的对话是谨慎的，那么在大街上，年轻人就会大声呼叫。女生们一身欧式打扮，与男生们打成一片，嘻嘻哈哈。这让我们同情起科索沃那些我们几乎无法谋面的女孩。在埃迪尔内，我们处于两个时代和两个世界之间。与卖电脑的商店为邻的是那种古老的小食品杂货店，里面散发着东方调味粉的气味。

在塞利米耶清真寺前，一个花园，一些长椅，一片安静。人们沉浸在泰然的氛围中。和穆斯塔法帕夏桥一样，这座被列为联合国教科文组织世界遗产的建筑也是土耳其历史上最著名的建筑师司南的作品。它的四座宣礼塔在穆斯林世界是最高的。内部空间广阔，线条纯粹，光线如梦如幻。我们沉浸在欣然的恬静中。太阳西坠时，从穹顶上落下的光线简直是神来之笔。一个孩子在大声玩耍，游客在拍照，从菜市场归来的老人们在聊天，购物袋放在脚边。脚步声被厚实的地毯吸收。清真寺固然是一个祈祷的地方，但也是一个生活的地方，与我们那几乎只用于礼拜的教堂内冷冰冰的气氛完全不同。

我在小巷里穿行，寻找着修鞋匠，因为我的一只在普罗夫迪夫补好的鞋跟，又快掉了。只剩下两百五十公里左右的路程了。运气好的话，这双鞋就能走到最后。

8. 十月十三日，土耳其吕莱布尔加兹

我们活该去希腊自讨苦吃。两人因此而走上了一条荒芜的高速公路，几公里开外，放弃这条大道的汽车和卡车在保加利亚一侧的新路上首尾相接地排起了长龙。

我们像走在鬼路上的大老爷般穿过了希腊的这一小片领地，在应急车道上晃晃悠悠地前行。除了当水被喝光以后。

这个时候，对下一个出口的渴望比起开车时错过出口更加令你焦虑。

白色的棉花小球挂满了山坡，在几公里之前，曾让我们误以为是可以把水壶灌满的雪花。

对东正教欧洲的最后记忆：当我们离开过夜的小教堂时，一个在那里停下来喝水的保加利亚面包师给了我们一个热乎乎的面包和两个葡萄干面包，就这样，我们甚至没来得及介绍自己。一份礼物。他是否将我俩错认成了什么人？总之，谢谢你，保加利亚面包师。我们不会很快就忘记你的面包的味道。

到了土耳其，就是绝对的异国情调！首先，因为在海关迎接我们的是荷枪实弹的士兵（永别了，二十八国组成的欧洲！），但更因为和那三个老大爷喝茶（地道的，茶炊茶！），在边境大城市埃迪尔

内之前的第一个镇上的咖啡馆里。

我们高兴地看见在保加利亚消失的宣礼塔又出现了，但最重要的是重新找回了在科索沃时那种青春而快乐的自发性。人们都待在外面，大家都向我们投来快乐的"你好"，孩子们全速奔向我们，汽车、卡车、拖拉机、轻便摩托车的喇叭声都很友好，带着灿烂的笑容。

这次，我们到了。这里是东方。

埃迪尔内，我们曾担心它和其他许多大城市一样，高不可攀，令人不快，却温柔地任由你靠近它，如同在卢瓦尔河的岸边。迷人而悠闲，这里清真寺繁多，其中最大的清真寺美轮美奂，令我俩张口结舌。

要让我左脚后跟莫名其妙出现的一个水泡干瘪，一天的休息很有帮助。无疑是高速公路效应：我陶醉于速度中。

另一个惊喜是：通向伊斯坦布尔的D100公路看起来像希腊的那条路。类似荒废的高速公路，最边上近两米宽的沥青路，就是专为我们准备的！是拜占庭，我的意思是，君士坦丁堡。我的意思是，我知道我想说什么……

我们怀着与阳光一样灿烂的士气启程，穿过一个拖拉机横行霸道的村庄，拖拉机在秋日芭蕾中转身、回旋、噼啪作响，为下一个播种季节做准备。在土地上挖出了坑道。

集约化农业的问题还远未得到解决……

铺着沥青的地面相当舒适，危险不再紧贴着我们的屁股，我们可以并肩而行；我们可以继续交谈，用最烂的词玩文字游戏，还有我们幸福的沉默。

我继续准备着我下一个角色的台词，回家后还得用功，因为要专心背书绝对需要冷静。我们在加油站停下来喝杯茶，出发时扯着嗓门高唱着：如果长路没有尽头，我们就去周游世界……

伴随阳光和轻松的行程安排，我们又迎来了刻骨怀念的美好的小睡时光。纯粹的幸福时刻，精神终于被疲惫所征服，感激地放下武器。一觉值千金。

我喜欢的是公园的长椅或台阶上的一块石头。在草丛中，你最后总会成为一群蚂蚁或其他爬虫的美食，它们打算从你的大脚趾的北面出发向腿部攀登。

草坪上的人太多了。

在田野里，有一个选择是玻璃罩栽培箱，从那里你可以看到敌人到来……

第五天。倒计时已经开始……

我们会在下雨前到达吗？你们该知道的时候就会知道……

二十　前往伊斯坦布尔

　　离开美丽的埃迪尔内后，只剩下十段旅程了。这个前景让我陷入了沉闷的思考。前面就是路的尽头了。我们现在肯定自己能走完全程，手拉着手进入伊斯坦布尔。从里昂开始，我们的鞋子已经踏过了十二个国家的土地。当初的我，在那个有时被叫作高卢人首都的城市，曾觉得这一切遥不可及，担心自己会体力不支，但现在的我们已经变得相当老练。我隐约看到忙碌生活中的这段奇妙的冒险插曲正在落幕。在路上，大脑思维等于管理日常生活三件事——或是一条路的走向，或是不断需要寻找的住所和食物。没有比走向任何一个地方只为知道自己从哪里来、想去哪里更刺激的了。这种从平凡生活中抽身，这种解缆启航，是对我们生命计数器的归零重置。变换不停的城市、文化、语言、面孔、风景，一天结束后肌肉突然松懈、脚步踉跄时咬牙承担的努力……这一切都将在几天后停止。

　　但我并没有为此感到遗憾。其他的画面向我袭来，家里的场景，劈柴过冬，炉火边的美好夜晚，朋友间的相互邀请。在这段旅程的尽头，我穿梭于两种快乐，两个如此迥异的世界之间——一个被教堂百年老钟的钟声节律着，另一个是穆安津的呼唤。我不想在两者之间取舍。但我们很快就得从这种超脱中脱离出来，回到国际新闻、不计其数的受害者和泛滥到令人气馁的广告。这样的旅行会让你迷上后退。几周来，我们重新发现了这个遥远世界的价值，在这里，信仰的价值高于生命，人们无所谓物质的拥有。存在的感觉再次抓住我们，使我们目眩，将我们带入歧途，其危险性未必低于我们自里昂以来所走过的道路。

直到伊斯坦布尔，道路笔直，因了边上一条平行的高速公路，交通并不饱和。我们每天走二十五到三十公里，几乎像在度假。在去往我们第一个驿点哈弗萨的路上，村落都是远离的、安静的。我们在加油站休息，在入口处，即使不买汽油，也可以享受茶炊里随时吐出的免费茶水。"是的，是的，免费的。"面对两个来自一切都要付费的世界的陌生人的惊讶，一个带着笑容的美丽女孩坚持着。中午，在草地上野餐、小憩，这是许久以来第一次。

哈弗萨是个没有生命力的城市。商店大门紧闭，有的门前长满了草。交通干道被损坏，仿佛工程在沥青路面被砸开以后就中断了。每一辆车都紧贴路边行驶，尽量避开坑坑洼洼的地方，扬起的尘土落在房屋、空地和人身上。我们睡觉的旅店，气氛之凄凉，无水或破损水龙头之多打破了所有纪录。在这栋楼和下一栋楼之间，有一个成为公共垃圾场的腐烂的大洞。在茶室里，想象着诈取我们钱财的老板递上账单，两份煎蛋、两份蜂蜜甜点和四杯茶，向我们收取了七欧元。之后，在路上，一个骑车人停下来，递给我们两块巧克力——"拿去吧，拿去吧"，然后继续前行。这款巧克力有交换的幸福味道，有不矫情的人性。

"你们有汽车吗？"

"没有。"

这个正在吃东西的货车司机简直不敢相信自己的耳朵，他给了我们一瓶水和两包巧克力饼干。我们没有水了，因为贝妮蒂克特的水壶丢了，我的水壶不够两个人喝。提出付钱会是对他严重的羞辱，完全违背了这个国家的待客之道。

在巴巴埃斯基，这里的马路和哈弗萨一样破旧，一辆洒水车正在不停地运转。优点：你不会吞下太多灰尘；缺点：你行走在烈日下的泥泞中。在清真寺前，约有四十名男子正面对着阿訇。再往后一点，坐在长椅上的十几个女人都戴着头巾。棺材放在栈道上。阿訇，全身着白色，给夜里去世的死者念诵了简短的悼词。男人们让开，棺材被装进一辆白色的面包车，旁边坐着两个人，阿訇占据了前排驾驶室里"死者的位置"①，大家去往基地。在伊斯兰教中，死者停止呼吸后二十四小时内必须下葬。

这个十月十二日，临近中午的时候，一个明显是欧洲人的长途骑行者从我们身边经过，然后在此时空旷无人的道路上掉头，向我们骑来。迪尼娅是一位瑞士籍德国人，她在我们坐火车去维罗纳的同一天离开了她居住的达沃斯。后天她将到伊斯坦布尔，计划在那里待两个星期，然后和父亲一起去伊朗，再去印度。她拍了我们和尤利西斯一起行走的照片，以前还从没有人这样做过，这将是我们俩唯一的旅行合影。

随后，当我们经过一幢大型新楼时，"喝茶！"的呼喊声止住了我们前进的脚步。西里克塔斯是这个即将完工的疗养院的看门人，曾在奥地利工作了半年。但当他想再去时，却拿不到签证。他告诉我们，今年夏天，在加沙有两千两百人被杀。坏消息开始追上我们

---

① 对副驾驶座的戏称。

了。我的两只脚越来越痛。是该结束的时候了。第二天早上，当我们离开吕勒布加兹时，我们听到有人在叫我们。是迪尼娅，她也在这个城市睡了一觉，现在重新向伊斯坦布尔出发。

傍晚时分，被这个国家无处不在的阿塔图尔克的巨幅画像主宰的宾馆大厅里，一帮在前台嘻嘻哈哈的小伙子和我俩搭讪。其中一个人问我多大了。不知道土耳其语怎么说，我就把它写下来："75"。这人颠倒读出数字，拍马屁说我看起来不到五十七岁。在房间里，想省钱的老板给卫生间的照明安装了一个移动探测器。但计时太短，才大约三十秒左右。刷牙时，得一手刷牙，另一只手摇晃着开灯。坐在马桶上，很有趣，我们挥舞着两只手，好像在说永别了。至于淋浴，因为探测器不能触及，我们在绝对的黑暗中洗完了澡。

在比尤克，那家我们第二天傍晚到达的宾馆，很自豪地用一块牌子上宣布"狮子会和扶轮社成员经常聚会于此"。我们将很快发现其中遗漏的一个细节。准备入睡时，雷鸣般的音乐侵入楼内。两位化着浓妆、喷了刺鼻香水的姑娘，正好是领舞，她们对我说，一楼有一家夜总会，派对会持续到早上六点。我怒火中烧，穿好衣服，下到前台。当我正在和接待员说话的时候，一个打着丝质领带、袖口翻着大宽边、手指上都是金戒指的胖子来了，他自我介绍说，他是老板。我用英语大发脾气。"您应该提醒一下，您出租的房间是不可能睡觉的。我给您两个选择，要么把音量关小，要么把我预付的房钱还给我。"当然，我希望那个男人把我撵走。骗子永远不会还钱。他似乎在犹豫不决。补充说明一下，他斤斤计较，提出退给我百分之五十预付金。某种意义上等于半个晚上。"不行，我不能只睡半个晚上，您要么退钱，要么关掉音乐。"他让步了，接待员拿着他三个小时前收的钞票痛苦地走出来。我们于是在这寒冷的夜里开始寻找一张床。我们曾吃饭的餐厅的老板尼迪姆说附近有一家旅馆，想了想后，他关了店门直接带我们过去。唉，可惜那里已经客满了。我们后来睡在尼迪姆的餐厅里，被只要我们闭上眼睛就启动的冰箱声摇晃着。给了我们热情和信任而又无私的老板把钥匙交给我们，只要求我们离开时把钥匙放在门口。

二十一 有始有终

D100 公路展开它单调平坦的丝带。我俩按部就班地走着，车流渐渐密集，雨来了。天气预报肯定了行程计划中到达伊斯坦布尔时的糟糕天气。我们因此延长了每日行程，以便在前一夜抵达。在乔尔卢，我俩向两个坐在露台上喝酒的男人打听一个宾馆地址。他们起身，一直带着我们找到一家舒适的旅店，直到确认给我们的价格不是游客价后才放心离开。噢，这些好人啊……第二天早上，在出城的路上，一个自称是市议员的人拦住我们，询问我们，他惊叹之余想请我们吃早点，要给我们提供早餐。我们刚吃过，而要向他解释我有走回头路恐惧症太复杂。我们道谢后继续前行。

接近伊斯坦布尔时，道路变得越来越拥挤杂乱。由于没有行人侧带，行走相当麻烦。有机会的话，我们就会像今天到达叫作阿克卡科伊的村子那样岔到小路上，在棚架下歇息一杯茶的工夫。在路边摆摊卖水果的人们友好地叫着我们。有时，他们中的一个人会给我们提供茶水。昨天，问我多大年纪的是杜赫姆："Mashallah！"①今天，是妮丝汀，这位棕发女子有一双翠绿的大眼睛，明亮如逆光。我们迷恋于她那被长睫毛遮挡的秋波，这可把妮丝汀逗乐了。眉来眼去，善意之波，撷取了她和我们。但路在等着我俩。是离开

---

① 原注：这种表达的意思是："上帝做了什么奇事！"我们会说："不可思议！"

的时候了。

十月十六日，从宾馆的窗外，我们可以看到无垠的大都市闪烁的灯光。走了四十八公里后，我们筋疲力竭地上床睡觉。在洗到救命澡之前，长征路上最后的几步是那么漫长。

9. 十月十四日，土耳其乔尔卢，第四天

我必须在宾馆的 A 类（不正常）中增加一个子类。

这就是 A3："不能太过分"的宾馆。

它包括 A2 的所有特征。

我们必须在"完全不正常"的基础上再加上不提供被单（不过这样更好），设施低廉却开出吓人的高价，还有当晚的意外：宾馆地下室的夜总会！当晚上九点半左右低音开始响起的时候，让我们想起了保加利亚夜总会宾馆非常不好的记忆，仿佛芥末立刻扑鼻而来。

贝尔纳，一如既往地在危险的情况下表现雄伟，他走到前台的两个懒汉面前，让他们在把音乐的音量明显降低和立即给我们退款之间做出选择。这里要告诉你们的是，我们因为还有一个 B 方案才敢耍聪明（在步行的时候，这是一个难得的机会！）：当地餐馆的老板尼迪姆建议过我们住一家提供食宿的旅馆。

宾馆老板试图以半价谈判，贝尔纳反驳说我们不打算只睡半个觉。满手戒指、皮鞋锃亮、像皮条客般的老板最终让了步——谁也争不过发火的贝尔纳……我们迅速收拾好行装，就这样我们背上双肩包，粗鲁地甩上了这家妓院的门，拖着小车碾过曾经红色的地毯。

在外面，我们祈祷没有为影子丢掉到手的猎物。现在是晚上

十点，天气很冷。我们跑去告诉尼迪姆这个好消息，他带我们去找旅馆。

客满。啧啧……

最后的解决方案：睡在尼迪姆的餐厅里。我们用了许多手势，还模仿了充气床垫，向他解释我们前所未有的要求。我们希望他答应，否则等待我们的就是在公园支帐篷和巡夜的警察。

他说："Tamam"（好的），他把头从左到右转过来，这在西欧人看来可能莫名其妙，却证实了这个词。保加利亚人也是这样给的：点头是"不"，摇头是"好"。我发誓，这绝对是个棘手的难题。

总之，当我们的脖子接近僵硬的时候，我们明白可以睡在屋檐下了。呼……无所谓那个冰箱每隔一段时间就开始发出洗衣机的转动声。反正要胜过夜总会的低音炮……

第二天早上，当太阳升起的时候，尚未睡醒的我们就走上了越来越热闹的 D100 公路。伊斯坦布尔现在离我们只有一百三十公里了，路况将会越来越糟，这是肯定的。

早餐时分，我们一边走一边吃完了一包蛋糕，这是昨天我们向一个卡车司机讨水时他送给我们的。

现在我们需要一杯茶水。为此，我们要仔细地选择加油站。PO 和 PET 提供茶水，在其他地方，人们会向像我们这样的外国人勒索几个里拉。但是到此为止，我们还没有遇到这样的事！

今天早上是泽基为我们服务，他为和尤利西斯一起拍照而非常骄傲。而我们则为在这个人生片段中遇到如此轻松简单又善良的人而非常幸福。两杯茶和一张照片之后，我们相互拥抱，就像认识了一辈子那样，然后绝尘而去。

人生有时会变很轻松……

在两顿茶的间隙，啪啦！一个轮胎爆了。那对轮胎才走了七天。我们得跟米特科说两句……我们早发现情况不妙，在哈弗萨找到了一只合适的轮胎。在旅途结束前，我们还需要第二个，这让贝尔纳很懊恼，他只有在轮胎爆炸时才肯更换轮胎！不，可是……

农业之后，变得密集起来的是工业，巨大的纺织厂或化工厂向附近的河流中喷洒出数百升的蒸腾又油腻的紫色液体。很可怕。

吵闹声又来了，我们却不再害怕！

在路边等待顾客的伊赫兰，看着我们这个奇怪而快活的小队伍。在他的身后，有一辆小货车，里面装满了笼子，他将家禽放在笼子里出售。车上的破布上有一杆秤，他按重量卖家禽。我们的到来让他摆脱了无聊。得知我们要去伊斯坦布尔时，他提醒说，我们现在所在的地方直通高速公路。真主保佑我们吧。"你们要从那里走。"他边说边指向百米外一条通往邻村塞利姆帕夏的道路，我们将在那里找到正确的路。问题是这条路和我们之间有两条川流不息的高速公路，两边还有高高的安全栏杆。说干就干。身材魁梧的伊赫兰放弃了他的羽毛动物，抓着尤利西斯，我们三个人帮它越过了栏杆；我和贝妮蒂克特在两组车之间奔跑，一道栏杆，又一条路，第三次冲刺，最后一道栏杆，我们就这样走上了正路。伊赫兰高兴地和我们作别，在咆哮致命的汽车间，如障碍滑雪般返回他的鸡群。

在吃过美味的乔尔巴——土耳其人做的汤妙不可言——之后，波光向远方闪烁的马尔马拉海，在一个小坡的弯道上迎接我们。为什么不把脚泡在里面？道路与海滩之间被建筑物隔开了。在一个码头附近，三个女人正在两张大桌子旁边聊天，桌子上晾晒着赭色的粉末。我们不知道它是用什么做的，但看起来像是为即将到来的冬天做乔尔巴预备的汤料。在沙滩上，海浪轻轻地拍打过来。我在码头上坐了一会儿，尤利西斯停在身边，品尝这道叫作行走终点的甜中带咸的菜肴。贝妮蒂克特和其中一个女人开始了长时间的讨论。在大海的背景下，她们为彼此听不太懂但彼此非常理解而大笑着，两个孩子正拿着装了轮子的肥皂盒在路上玩耍。他们的梦想是汽车，我们的梦想是走路。他们看着我们走过，对任何与他们汽车无关的东西无动于衷。

10. 十月十七日，伊斯坦布尔！

　　你们肯定会笑的，我们错过了进城的招牌！所以没有自拍。

　　太多的车道，太多的汽车，太多的铁轨，太多的空地，太多的一切，伊斯坦布尔是一座绵延五十多公里的超级大都市……

　　我们很高兴，非常高兴来到这里。

到达伊斯坦布尔这类超级大都市的过程，似乎在攀登一个山口。每一个转弯处，你以为看到了顶端，而顶端总是在远方甚至更远方。说实话，我们也不知道自己到底在哪里，这座城市实在太大了。最后几公里是真正的障碍赛，爬了两座高坡，人行道不是不存在就是已经坍塌，从不间断的人群，地狱般的交通。

　　不能让自己被撞死在终点线上，我们在距离市中心二十公里的停车场旁边的沙滩上缴械投降。我拿出工具箱，把尤利西斯一块一块地拆开，重新把它装回帆布水手袋中。在我们到家之前它是不会再出来了。我们搭公交车到了塔克西姆广场，城市的心脏。几天前，在这个大广场上，警察和土耳其库尔德人发生了冲突。库尔德人正在向埃尔多安政府施压，要求允许他们的武装兄弟阿夫林和坎奇勒为叙利亚的库尔德人提供军事援助，后者在边境城镇科巴恩已持续数周抵抗"伊斯兰国"极端组织袭击。政府最终放行了救援纵队，科巴恩因此将被解放。

　　在公交车上，我带着温柔和钦佩注视着贝妮蒂克特。我的女人是多么的美好。我看到她曾一瘸一拐地咬着牙往前再多走一点，为了避免旅程被迫中止，她曾为接受两次强制性休息而悲伤欲绝。但是她让我感动的在于日常的生活。这个醒来时喜欢赖床的"小资"表现出敢于冒险的性格。喜欢美食的她接受了强制节食；当身上沾满柴油味，或在没有厕所和水的情况下，早上出发前必须掩盖前夜的污秽，她从不抱怨。可是，是在她与人的交往中，让我比出发前更爱她了。贝妮蒂克特是一盏灯，一束不熄的火焰。每一次与人相遇，人们都会转向她，信任她。她的倾听能力让哑巴都变得健谈起来。这给我带来了很大的方便，因为我的记性不好，每一种语言被我记住的词从来都不超过十个；我因此可以趁机观察这个判断力很强的开朗女人，即使被误认为是我的女儿，她也不会失去幽默感。自始至终，贝妮蒂克特在这段旅程中都坚若磐石，顺其自然。

我们的朋友、法国广播电台驻土耳其记者杰罗姆·巴斯蒂翁主动提出要接待我们，他连日来一直不停地向欧洲媒体通报"圣战"分子和库尔德战士之间的冲突进展。他的女友，美丽的居勒，在库尔德电视频道主持一档新闻节目。在港口用餐时，寒暄过后，他们告诉我们中东以及欧洲的时事。我们的脑子里又充满了人间悲剧、权力斗争、社会和经济危机。在伊斯坦布尔这座美丽的城市短暂停留期间，我们的每一步都被其历史吸引。我们还在一家面向博斯普鲁斯海峡的餐厅与我们的热心朋友阿斯利罕共进午餐。再见了假期，历险已结束。

在机场，为了使用为旅客提供的手推车，我大声地寻找第三枚土耳其里拉硬币，我手上只有两枚。一个男人转过身来，递给了我一枚，我没来得及用当地语言说"非常感谢"，他就离开了。

飞机上，我在自忖中，也试图克服每次徒步旅行结束的惆怅。是的，我很高兴听从了贝妮蒂克特的建议，克服了我的恐惧、我的弱点，与这么多的生命、这么多的文化、这么多的风景和这段浩瀚的历史擦肩而过，最终为丝绸之路和它的一万五千公里的路程画上句号。

十五年前，我有些天真地踏上了一万两千公里的征程，对自己能否到达遥远的西安并没有多大信心，因为要穿越四片沙漠，还要经过可怕的帕米尔高原。我带着同样的疑问从里昂出发。而我们达到了目标。毫无疑问，我们拥有意想不到的精力。

想到马上就要被大家问到的问题："你的下一次旅行呢？"我微笑了。

请让我，先消化一下这段旅行吧。

11. 十月二十四日，返回

　　把我们带回巴黎的飞机用了三个多小时飞完了我们双脚走了四个月的三千公里。

　　那为什么要步行呢？

　　为了**外面**的幸福，从清晨到夜晚。

　　为了呼吸空气，那世界和大地的空气，那鞭打清晨或压垮下午的空气。

　　为了摆脱社会生活中的习惯，在阳光下行进，去自己想去的地方，自由支配自己的时间。

　　为了测试身体。这具给了我近五十年生命的躯体究竟有多少价值？物有所值。我无限感激它把我带到了终点。

　　而贝尔纳那具七十六年来始终出色的身体呢？尽管最终双脚有些疼痛，但他仍然证明了行走是一剂回春神药。贝尔纳不仅是**路王**，他还是一台真正的**行走机器**，有着不可动摇的决心。令人震撼。

　　尽管人行道的状态令我们显得无比脆弱，但这种被粘在柏油路上的感觉很疯狂，就像被大地磁化了一样。没有人能把我们撞倒在地！

　　然后，为了试图在仇恨和不容忍的大杂烩中理解一些东西（这还不能算成功）。也为了收集那发自内心的万千笑容、汽车喇叭声和挥舞的手，这神圣的喜悦之火将温暖我们整个冬天！

为了把时间拉长，而不是将它不断地压缩。既然宇宙的膨胀是必然，为什么我们既卑微又重要的人生要例外呢？

为要（重新）找到当下的感觉，这种切实的活生生的感觉——现在的问题是不要让它溜走——并想象未来。我曾下载了老爷子巴什拉的书，他说得比我好："要渴望它，要想得到它，要伸出手向前走去创造未来。未来不是那奔你而来的，而是我们所奔向的。"

我奔去了。

出发的时候，脑子里还想着尼古拉·布维耶的这些话："旅行不需要动机。很快就会证明，旅行本身就已足够。人们以为去旅行，但很快就被旅行所造就或改变。"

我（还）不知道这次旅行会对我造成什么影响。就让时间告诉我吧。另一方面，我知道它所没有改变的：贝尔纳和我。爱永不变。

对于你们中那些感到惊讶的人：说好了十一月底闭幕，怎么已经到目的地了（难不成他们是坐火车？），有必要做一点解释。

我们计划大概是十月二十六日到达伊斯坦布尔。这样可以留给我们足够的时间来重新适应工作状态，来应付这类长期旅行所可能发生的各种麻烦事。可是，尽管我们这样做了，但是没人屑于偷我们的护照，没有车撞我们，也没有细菌把我们钉在病床上。只有一个可笑的肌腱炎，让我们不得不坐了两次公交车。

啊，我发誓，比起从前，这次更像长征了！

故事讲完了。现在，我们要重新打开家门，剥开信件，我们修复伤痛，我们满心欢喜地割草，监视着在地下室冬眠的苹果。

剩下的就是给菜园覆盖上树叶，让下一个生命在叶子下发酵，并从这段旅程中汲取汁液，让它在岁月的木桶中澄清。

　　"旅行的意义在于在填满人生之前先将它净化。"尼古拉·布维耶。

后记：巴尔干，生死走廊

　　旅行归来的感觉总是很矛盾。回家和与朋友重逢的喜悦——但不是马上，先让我们喘口气，克服历险结束后的忧郁。连续两个早晨在同一张床上醒来的奇怪感觉。记忆、面孔、风景，无序地推搡着。还有这个不可避免的问题：这段行程意义何在？

　　我们当时尚未意识到，在巴尔干地区旅行所渐渐煨熟的感觉，将会是我们这个时代的烙印。介于叙利亚或伊拉克的暴力与平静繁荣的欧洲之间的中间地带，有两股涌流，在我们的旅行中几乎看不到，但几个月后露面了。逃离战争和苦难（两者互为因果）的地区——成千上万的家庭开始了幻觉般的迁徙，以为这种迁徙将引导他们走向和平，没准还能走向富裕繁荣：去到德国、瑞典和英国这些传说中的黄金国。

　　与此同时，困惑的青少年出发去寻找我们那以消费取代了生活艺术的社会所无法给予的绝对完美。被卡拉什尼科夫冲锋枪的钢铁光芒所吸引，他们抛弃了家庭和亲人，前往战区感受战争的致命魅力。

　　说实话，在旅途中，我们并没有清楚地感知到这双重流动的规模，那些在逃离死亡的人和那些去寻找死亡的人。我们仅听说有几个村子里的年轻人去参加"圣战"，而的里雅斯特的朋友克里斯蒂娜和马特奥告诉我们的移民数量还只是一小撮而已。

就像《帕尔马修道院》中天真的主人公法布利斯，我们也身处骚动的蚁窝之中，但为时尚早，运动还处于地下状态。此行并没有向我们揭示出酝酿中的现象的重要性。但有助于我们的理解。

这种悲剧性的局面是谁的过错？是那些主张通过全球化来满足贸易至上和无节制消费的愚笨的经济学家和政治家吗？他们声称废除了边界。悲惨的移民，渴望和平，对他们的话深信不疑。

他们的冒险之旅让我们的相形见绌。这数以万计的男人、小孩、怀抱婴儿的妇女不停地走着，所有的行李里只是一件可怜的衣服和一块面包。他们才是这条路上真正的英雄。最让人无法接受的是有些酒足饭饱的欧洲人，家里成千上万的物件从地下室堆到阁楼，却在这些没有面包、内衣和鞋子的人面前开始颤抖。我们在害怕什么？他们会从我们的嘴里抢走奶油面包，或者拿走几件纠缠我们、妨碍我们思考的小物什吗？

所以，让我们在生活中注入一点慷慨和友爱吧，在穷苦人和流亡者的日常生活中，慷慨和友爱却无处不在。

致 谢

感谢门槛协会的员工和志愿者，在那个仍然在位的秘书长不在的时候，确保了协会的活动。特别感谢志愿者负责人保罗·达尔·阿夸（Paul Dall' Acqua），以及帕特里克·贝甘（Patrick Beghin），完美代理了那个有些懒惰的秘书长兼步行者。

我们的感激之情还延伸到其他亲朋好友。只有当你知道在回来的时候，家会在那里等着你，让你疗伤与回味旅程，历险才能成行。在我们离开的几个月里，一些美丽的灵魂处理了我们抛下的日常事务，并预见到了我们回来时可能遇到的烦恼。感谢托马斯（Thomas）和阿丽亚（Ariane）处理了急务，感谢爱莲娜（Éliane）、克里斯蒂娜（Christine）和吉恩薇芙（Geneviève），他们照看着我们的大房子，把所有美丽的秋天果实变成了我们将在整个冬季坐在暖和的壁炉前享受的食物，同时梦想着下一次旅行。

最后，我们感谢所有向我们敞开大门的人，贾科莫（Giacomo）和伊拉丽娅（Ilaria），杰罗姆（Jérôme）和居勒（Güler），安妮（Annie）和里科（Rico）。他们的友谊是我们的避风港。

感谢达科泰小剧场的克里斯托夫（Christophe）和阿涅兹斯卡（Agniezska）等待贝妮蒂克特开始排练《费加罗的婚礼》。再次感谢马汀娜（Martine）、玛丽安娜（Marianne）和弗朗索瓦兹（Françoise）对文稿的评论或建议。